UMA RUA SEM VERGONHA

CLAUDIO HENRIQUE

UMA RUA SEM VERGONHA

EDITORA RECORD
RIO DE JANEIRO • SÃO PAULO

2009

CIP-BRASIL. CATALOGAÇÃO-NA-FONTE
SINDICATO NACIONAL DOS EDITORES DE LIVROS, RJ

Henrique, Claudio
H448r Uma rua sem vergonha / Claudio Henrique. – Rio de Janeiro: Record, 2009.

ISBN 978-85-01-08836-9

1. Contos brasileiros. I. Título.

09-4369 CDD: 869.93
CDU: 821.134.3(81)-3

Capa: Tita Nigrí

Editoração eletrônica: Abreu's System

Texto revisado segundo o novo Acordo Ortográfico da Língua Portuguesa.

Impresso no Brasil

ISBN 978-85-01-08836-9

PEDIDOS PELO REEMBOLSO POSTAL
Caixa Postal 23.052 – Rio de Janeiro, RJ – 20922-970

Preliminares...

Este não é um livro de sacanagem. A começar pelo fato de que não se encontrarão aqui páginas transbordando em sexo e luxúria. O que menos importa nos capítulos a seguir é o que ocorre entre quatro paredes, e sim fora delas. *Uma rua sem vergonha* é um retrato ao ar livre de relações explícitas, dos dramas e das paixões que se realizam no universo de uma via pública tomada pela prostituição. O cenário escolhido é a Prado Júnior, rua de Copacabana, mais famoso bairro do Rio e do país. Mas poderia ser qualquer um dos tantos outros logradouros de cidades brasileiras que servem de cenário (e de escritório) para que a mais antiga das profissões possa ser exercida.

Este não é, definitivamente, um livro de sacanagem só por ter sido feito com bastante suor — pois falo do árduo trabalho que é escrever, e não da nossa transpiração de cada dia, sobre os lençóis. Digo isso porque todos aqueles a quem apresentei o livro sempre reagiram com a mesma pergunta, em tom de piada: "Como foi a pesquisa de campo para escrever isso?". Assim, e antes que o leitor também sucumba a esta curiosidade, registro que este também não é um livro autobiográfico. As histórias, personagens e passagens nele descritas têm origens diversas, que, se fossem listadas numa receita de culinária, comungariam assim: 20% de pesquisa em jornais e livros sobre o tema; 10% de relatos ouvidos em histórias de amigos; e 65% da mais pura ficção. Faça as contas.

O autor

Mignon

Completamente bêbado, presa fácil para o bafômetro, esmerou-se para fazer a curva com perfeição. Deixava para trás a Princesa Isabel, plenamente alforriado, e ganhava a Atlântica, avenida de desvios, abundante em contornos na calçada: tanto no desenho das pedras portuguesas como nos corpos côncavos e convexos, oferta da casa. Sim, estava na putaria. Começara cedo. Chopinho com amigos numa mesa de plástico amarelo da Cinelândia, porção de frango à passarinho interrompendo a promessa feita ontem ao espelho e, de repente, vinda da ala direita, a ordem fatal:

— Garçom! Traz um Steinhaeger...

Puta merda, a bebida das amnésias homéricas!, pensou. Não vou beber. Mas bebeu. Um não, três! E, ao voltar para a Zona Sul, ainda se deu ao luxo de parar o carro *pruma* saideira inocente no Flamengo. Tudo mentira. No íntimo, sabia seu destino final: mergulhar nas profundezas da Atlântica, o incontinente perdido, o retão dos peixões. Embicou seu automóvel-isca pela pista do meio, numa postura cínica de fingir que não acompanhava, atento, a exposição de corpos na calçada. Se algo passasse de valor, guinada à direita — esse era o plano. O primeiro interesse viu-se frustrado. Ao se aproximar, era bem menos linda do que a iluminação de Copacabana o fizera crer. Mas logo adiante, ainda próximo à esquina com Prado Júnior, e em meio a outro grupo de putas confabulando amenidades, reconheceu um rosto. Não lembrava o nome, mas fatalmente já tinha saído com a moça. E a memória dispersa era positiva, favorável. Devia ter sido um fodão. Encostou.

II

Sexta-feira era dia sagrado para Brenda. Ou Ludmila. Ou Marlene. Qualquer que fosse o passaporte para o anonimato, sexta-feira era legal. Dia de lucros certos, de garantir pagamento de boa parte das contas domésticas, de sobrar algum para comprar aquele minivestido rosa-pink que paquerara na lojinha de fundo de galeria em São João de Meriti, de amortizar parte da fatura atrasada do cartão, de tomar fôlego para poder respirar no fim do mês... Ainda era Ilcelene Maria quando beijou o filho na testa, pouco depois da novela das oito, aconselhando:

— Assiste ao *Globo Repórter*, que vai aparecer um monte de bichinho. Você não gosta?

Refestelada no sofá verde quase oliva — encardido pelo sol —, a mãe dela parecia um pufe amarfanhado e abandonado a esmo: banhas macias encaixando-se nas gastas almofadas. Como estava gorda a velha! O olhar entre elas guardava quilos de cumplicidade, conformismo. E 500 gramas de tristeza. Há dois anos a mãe tinha dado chilique ao descobrir a "profissão suja" da filha. Mas agora apenas disfarçava o preconceito. Sabia de tudo e nada falava. Era o peso da necessidade.

Afinal, quem pagaria o pão e a manteiga de cada dia? A mortadela? Ou mortandela — no dialeto da Baixada. E quem um dia trocaria — por esta graça a coroa sempre reza — o estofado encardido do sofá?

— Tchau, mãe. Não deixa o Matheus ficar acordado até tarde — recomendou, soberana.

— Leva um casaco, Ilcelene. Vai sair pela rua com essa roupa? — devolveu a obesa senhora, com preocupação sincera e falsa ingenuidade maternais.

A velha parecia um marido ciumento. Mas vá lá: de fato, o vestidinho-azul-verde-piscina-de-uma-alça-só era um pouco demais para cruzar o bar do Argentino, as janelas das comadres vizinhas e a boca de fumo na ladeira. Ainda mais porque estava inverno e os bicos dos seios de Ilcelene alardeavam a temperatura abaixo de 18 graus. Todo mundo ali sabia de tudo, mas pra que ofender a moral do bairro? Da boca? Das comadres? Puxou o casacão laranja Nike, presente de um cliente ("Na verdade, ele esqueceu no motel!"), e foi à luta. Eram 21h30.

III

— Oi, tudo bem?

A pergunta sempre soava ridícula, mas ali, dirigida às vagabundas, pensava toda vez, era menos gratuita. Se desse a mesma pala numa boate do Leblon ou da Barra, na maioria das vezes seria dispensado com um jogar de cabelos sobre os ombros e um afônico *tsc-tsc* esnobe escorrendo pelo canto do batom cor da moda. Era nessas horas que voltava aquela sensação de odiar as mulheres. Ou de amá-las por demais. Na Atlântica, não. O contrato explícito entre os sexos sempre era mais vantajoso para a ala masculina, preconizava. No social, homens querem; mulheres fingem que não. Na sacanagem, os dois lados da moeda têm um só objetivo. Embora elas cobrem aquela taxa extra pelo acerto. Tudo bem.

O próximo passo, imaginou, seria o flerte de sempre. Ela encostaria na janela destra, jogaria sorrisos, charme e um pouco de seu perfume barato para dentro do carro. Ele, educado, um *gentleman* do *bas-fond*, indagaria sobre preço da forma mais sutil possível. O rosto dela, nessa hora, se contrairia levemente. E adviria o taxímetro do prazer. Tabelado, sim, pela lei da muita oferta e da apenas razoável procura. Carro novo, por exemplo, atrapalha nessa cotação. Chegou ao absurdo de pensar em comprar um carro bem fodido — só para pagar menos pelos programas... Que coisa!

Mas nem sempre Copacabana é o que a gente espera, meu caro. A moça, ao contrário do que previam todos os deuses da sacanagem, afastou-se do carro, logo ou assim que ele encostou. Ela chegou a vir à janela, mas bastou fitá-lo nos olhos para, num rompante, saltar para longe, como a desaprová-lo. Que petulância...

— Ei! — gritou nosso anti-herói, aflito com a possibilidade dessa nova e desconhecida modalidade de rejeição.

E a puta foi ainda pra mais longe. Puxando conversa com os bancos e as lajotas daquele edifício onde mora aquela *socialite* e onde viveu aquele gaúcho vereador.

Que porra é essa? — pensou.

IV

Ilcelene sempre ia pra Copacabana de ônibus. Vez ou outra, época de vacas gordas, encarava um táxi. Havia também aqueles caras do tipo "boa-praça" — virá daí a expressão? — que a transportavam de graça. "Transportam desgraça", gostava de brincar e lamentar. Uns apenas pelo prazer de conhecer mais uma gatinha, uma beldade das ruas; outros, mais diretos, pediam logo algo em troca: uma punheta, um boquete... E algumas vezes, poucas mas algumas, cansada demais da rotina em coletivos, ela pagou. Pagou o boquete, porra! Valia a pena. Desde que com camisinha, é claro. O preservativo era sua bandeira dois.

Hoje tinha seguido de ônibus mesmo. Gostava de se sentar na janela e esconder o rosto no asfalto e no meio-fio que correm do lado de fora. Prefere não fitar ninguém nos bancos, por receio de que logo reconhecessem sua vocação. Pelas roupas, as olheiras, sabe-se lá... Sempre tinha essa impressão de que carregava a profissão carimbada na testa. Mesmo com todo o recato, sempre aparece um engraçadinho que identifica a alma de vagabunda no seu jeito e se senta ao lado, ou em frente, suplicando alguma atenção...

Mas nessa noite o constrangimento não aconteceu. O casaco Nike lhe emprestava um ar de ginasta da Vila Olímpica da Mangueira. Estava discretíssima a Ilcelene. Só o trocador, há quatro anos na linha, dera aquele sorriso de quase toda viagem, tímido, mas que, avaliava, escondia algo de perverso. Como se sonhasse com a noite em que só estivessem os dois no coletivo. Mas alguém ainda chama, como sua mãe, ônibus de coletivo?, divagou. Qualquer pensamento seria melhor do que imaginar os sonhos do tarado do trocador.

E pensava adiante, alguns quilômetros dali: enfastiara-se com a volúpia masculina. Quando mais nova, ainda com menos de vinte, o olhar de desejo era sempre bem-vindo. Instigante e sedutor. Alimentava sua autoestima, sua vaidade de fêmea, aquele instinto carnal e banal. Hoje se cansara de tantos interesses falsos, fortuitos. E o sexo, antes tão gostoso, tinha ganhado um sabor de rotina. Fixou os olhos nos riscos velozes do asfalto e esforçou-se para não pensar nisso também. Atravessava o Túnel Novo. Percebeu que as luzes eram mais fortes. Chegara a Copacabana, seu escritório. Tóin!

Comparado com qualquer outro ofício, não era mesmo muito diferente o seu bater de ponto no calçadão. As colegas de trabalho eram sempre as mesmas, milimetricamente posicionadas nas suas porções de calçadas maliciosamente negociadas com cafetinas e veteranas nas capitanias de cada quarteirão. Ela aprendera como era cruel esse comércio de pontos de michê na orla da Princesinha. Assim que se iniciou na carreira das ruas, estranhou as negociatas do bairro e chegou a correr os riscos de sempre: ser espancada por uma desajustada qualquer, por exemplo. Por sorte, logo selou amizade com Cristina, uma menina de Maceió que fizera a vida nos mini-hotéis da região e com ligeiros boquetes do tipo "rapidinho até Ipanema e volta". Foi Cristina quem a apresentou às moças-líderes da área, mapeou para ela os pedaços da orla onde só travestis podem trabalhar, apontou os marginais mais perigosos, que deveriam ser mantidos afastados, e deu as dicas sobre as melhores e mais baratas lanchonetes da região. E, mais importante: foi ela quem a fez conhecer Soninha, a primeira tia, que lhe abriu portas e lhe apresentou os primeiros policiais.

Com Cristina ela também aprendeu que garotões de morro costumam passar de moto com conversa mole, ofertas mis, mas no fundo querem raptar as meninas para espancá-las na favela. Em geral, são soldados do tráfico. Eram muitos os ensinamentos úteis da amiga. Ou "da colega", como se referia a ela. Aprendera mesmo bastante com a alagoana, menina esperta, que hoje vivia em Alicante, cidade ao Norte da Espanha, casadaça com um cara que, Ilcelene poderia jurar, era gay. Uma bichona que a banca em tudo e, dono de uma pocilga noturna, a fizera, enfim, cafetina também. Como Soninha.

Introduzida na comunidade *Copaca* há seis anos, Ilcelene se acostumara com a rotina que, como dizia às melhores e mais confidentes amigas, se assemelha à de uma repartição pública: cafezinho na padaria, ligeira passada no banheiro para um último retoque na maquiagem (quando podia tirar aquele casaquinho esporte que escondia decote e lingerie aparente), um tchauzinho para algumas meninas da outra esquina e pronto. Lá estava ela naquele vaivém entre rua e calçadão, pois muitas vezes precisa esconder-se no estreito corredor formado a cada dois carros parados na rua — uma trincheira à prova de inconvenientes. Se uma patrulha da polícia — desconhecida — se aproxima, uma moto, ou qualquer outra coisa que represente ameaça, vira-se para a calçada e se camufla entre os veículos. Ao contrário, se avista um daqueles carrões margeando a pista, nitidamente escolhendo "a vítima", apressa-se em apresentar suas armas. Apesar do filho e dos anos na labuta, ainda tinha poder de fogo. Era bem gostosa a Ilcelene.

O carro veio lá longe e parecia ser um quatro portas preto. Encostou duas vezes, abordando as moças, antes de chegar ao seu quarteirão. Ela estava nessa hora conversando com três conhecidas de ponto, mas sempre com um olho no padre, outro na pizza. Subiu um pouco mais a minissaia minúscula e preparou o seu melhor olhar. Ele encostou e abaixou o vidro com insulfilme — um bom álibi na putaria. Ilcelene avançou já com um nome na cabeça: Yasmim. Jogou suavemente a franja, fruto de 45 minutos de escova inteligente, para trás da orelha e iniciou um movimento lânguido para cruzar os dois braços sobre a janela do desconhecido.

De repente, o susto. Antes mesmo de completar o movimento padrão, recuou bruscamente, virando-se e partindo, andar apressado, em direção aos prédios da Atlântica. Ainda ouviu um "Ei!" meio abafado pelo vidro do carro, mas nem se deu ao trabalho de conferir ou de imaginar a possibilidade de voltar. Que merda. Era ele, Christiano, o pai do Matheus.

V

Inconformado e humilhado, Christiano decidiu que precisava reagir, de alguma forma, à negativa inesperada. Arrancou com o carro a tempo de pegar uma vaga dando sopa logo à frente, e desceu violentamente, quase quebrando a chave codificada ao travar a porta. Desvencilhou-se do guardador com colete da prefeitura — "vou só pegar uma coisinha ali na portaria" — e frisou os olhos tentando enxergar a moça arredia que lhe ignorara segundos atrás. Mulata bonita, safada, puta filha da puta!!!, seu pensamento não parava... As muitas luzes do calçadão atrapalhavam, mas logo ele avistou, lá na outra esquina, a mesma saia curta, a blusa azul-piscina-verde, o mesmo par de coxas... Era ela. Ensaiou uma pequena corrida, mas logo teve de transformá-la em pique desembestado, pois a moça, quando percebeu que ele a seguia, arrancou em disparada pela transversal.

— Filha da putinha — falou baixo. E correu mais, suando Steinhaeger.

Quando virou a esquina, lhufas. Com os pensamentos ainda embaralhados pelo álcool, sacou da manga cenas de filmes de ação americanos, nas quais os perseguidos sempre somem numa curva. Onde foi parar essa vagabunda?, bateu. E reparou que estava ofegante. Pegou o morto.

Correr alcoolizado é sempre ruim. Mas dessa vez estava sendo ainda pior, comparou. Que merda afinal fazia ele ali, todo suado, mais de duas da manhã de sexta-feira, perseguindo puta em Copacabana? Estava definitivamente louco, concluiu. Era aquela merda de Steinhaeger, a bebida dos porres homéricos e das amnésias preocupantes. Nunca mais ia beber isso, decidiu mais uma vez. E encostou-se num carro, para recobrar o fôlego e a compostura. Frustrado, ficou ali algum tempo, antes de retomar a caminhada de volta. Ainda se concentrava no juramento quando, de súbito, esbarrou numa moça que saía afobada da farmácia. Ora, se não era a filha da mãe da baixinha gostosa com coxão de fora e blusa azul-verde-piscina que agora vê se tratar de um vestido... Claro que era! *Royal Straight Flush*!

VI

Apesar do corpo aparentemente atlético, bem-delineado, Ilcelene padecia das muitas noites maldormidas, dos muitos drinques divididos com gringos nos bares e boates da orla, dos incontáveis cigarros noturnos que a acompanhavam e até daquelas poucas, mas constantes, carreiras de cocaína que se dispunha a cheirar para não decepcionar a clientela viciada. Não era lá muito fã de pó, mas, se o sujeito pagasse antecipado e pedisse que ela fosse numa *linha*, ela ia sem problemas. Até sentia um certo tesão diferente nessas ocasiões. Por esses e outros exageros, quando chegou junto ao velho edifício dos anos 40, após a breve corrida, estava arfando, sem ar. Menos mal que escapara do encontro que mais temera e evitara nos últimos quatro anos, desde que veio ao mundo Matheus, amor infinito mas não encomendado. Já apoiava o braço esquerdo numa árvore, fazendo um quatro com as canelas e ajeitando a sandália branca de salto e trançada em seu tornozelo quando, simples ato contínuo, olhou para trás. E avistou o pior: Christiano! Sim, era ele que caminhava apressado, quase correndo, pelo calçadão, e em seu encalço.

Como engordou!, foi o único pensamento que passou como um foguete pela sua cabeça antes de reiniciar a fuga. Tal qual uma louca, partiu em direção à esquina mais próxima, e ainda conseguiu raciocinar que, se um PM desavisado a visse, certamente a interpelaria querendo explicações. Sabia que uma puta vestida de puta não pode sair correndo pela Atlântica impunemente.

Cagou pra isso e correu muito, virou a curva sem derrapar e, raciocínio rápido, escolheu a farmácia como melhor esconderijo. Afinal, conhecia bem o Jorgito, vendedor que já lhe passara camisinhas sobressalentes e falsificara descontos previstos apenas para funcionários em suas compras de absorventes, cremes e remédios. No fundo, ela sabia, era apenas um babão tarado, vidradão na bunda dela. Mas quebrava bons galhos o Jorgito.

Nem parou no balcão. Passou direto para a salinha de injeções, avisando:

— Preciso tomar uma vacina contra gripe, Jorgito. E no bumbum!

Garota esperta. Era a senha perfeita. Entrou na salinha já arriando a saia e empinando o lombo. Minutos depois, quando Jorgito chegou, seringa trêmula apontada pra cima, Ilcelene virou deliciosamente o queixo sobre o ombro nu e, com um sorriso maroto-inocente, pediu, ou melhor, implorou:

— Passa bastante álcool antes, tá, amor?

A ideia era só essa: passar o tempo e despistar o babacão do Christiano. Iniciou então uma conversa picante com Jorgito, cheia de segundas interpretações, e ali ficou por uns cinco, talvez dez minutos, não sabe precisar. Achando que já era suficiente, levantou bruscamente, corpo e saia, e inventou uma desculpa antes da picada indesejada.

— Outro dia a gente acaba isso, querido...

Vou pra casa, decidiu. Era emoção demais para um dia só. Não era a primeira vez que via o merdão do Christiano passar de carro, mas nunca acontecera isso, de ele encostar e mandar uma cantada barata justo para ela. O filho da puta nem me reconheceu, merdão mesmo...

Pensava esses e outros palavrões quando, saindo da farmácia, esbarrou num vulto que cruzava a calçada.

— Porra — ainda conseguiu rosnar antes de reconhecer o incauto. Ele, o merdão.

VII

— Oiiiiiiiiii! — disse ele.

— Me dá licença... — desviou Yasmim, tentando iniciar nova escapada, logo contida por Christiano.

— Calma, moça, eu não mordo não... Vem cá, espera... A gente já se conhece, não é?...

— Não. Me larga, ou chamo a polícia... — Debatia-se.

— Brenda....

Ele lembra meu nome..., teve de processar. Ela também não esquecera, mesmo tendo aposentado aquela falsa identidade desde o fim da gravidez, quanto retomou a pista.

— Bren-da — deslindou ele. — Isso mesmo, Brenda. Caramba, você não se lembra de mim? Christiano. A gente saiu uma vez há um tempão atrás... Acho que ano passado. Caracoles, eu me lembro perfeitamente de você (ah, é mesmo?). A gente se conheceu aqui na praia e foi lá pra minha casa. Você dormiu lá e tudo — disse ele, com olhar de orgulhoso. E de guloso.

Convencer puta a dormir na sua casa era um dos troféus preferidos de Christiano. Mas não o único. Convencer a moça a confessar seu verdadeiro nome também era sempre uma grande glória! Daí o prazer ao soletrar e saborear o Bren-da. Doce ilusão!

Tanto Ilcelene como Yasmim se mantinham imóveis, paralisadas pelo absurdo da situação.

— Você não se lembra de mim, Bren-da? Ah, fala sério... — continuou o caçador. — A gente fez tão gostoso aquela noite...

Argh! Até ele percebeu que a última frase soara péssima, bem canastrão... Tentou consertar:

— Vem cá, que tal a gente tomar alguma coisa? Você está trabalhando, né? Poxa, adoraria sair contigo esta noite, vamos?

Por um momento, Ilcelene lembrou-se da novela das oito. Era uma cena que ela vira em casa, pouco antes de beijar o filho e sair. A personagem, uma megera da safra Gilberto Braga, enchera a mão no rosto de um coroa grisalho e barrigudo que lhe dizia desaforos numa uisqueria. Sem coragem para tanto, deixou cair o rosto suavemente para a esquerda e fixou os olhos, altamente reprovadores, em direção à mão direita dele, que ainda a segurava firme pelo braço. Ele afrouxou.

Exalando um bafo etílico daqueles, Christiano percebeu o traçado do perdigoto quando se desculpou pelo mau jeito e voltou a convidá-la para um passeio. Ela rapidamente abandonou as lembranças da novela e foi buscar inspiração num filme antigo. Bem podia levar esta besta para um hotel e envenená-lo. Se abaixasse mais uma vez a saia, e fosse junto a calcinha, era bem capaz de o Jorgito da farmácia lhe arrumar algum veneno *do bom*...

— Oi, Brenda... Alou-ô! Você está me ouvindo? Toc-toc... E aí? Vamos sair? Que tal?

Ela, enfim, falou:

— Christiano, preste atenção numa coisa: eu não vou sair contigo porra nenhuma — estourou. — Aliás, eu não quero nunca mais sair contigo! Mais do que isso: te peço, por favor, pra nunca mais me procurar, cara, pra passar longe sempre que me avistar na praia ou em qualquer outro canto da cidade, pra sumir da minha frente, AGORA! Entendeu?

— Mas o que foi que eu f...

— Vou repetir, Christiano: eu não quero mais papo com você. Eu vou sair andando agora em direção à praia, tenho de trabalhar. Se você insistir em me seguir, vou chamar a polícia, entendeu bem? Ou então um amigo meu, que eu vou chamar pra te matar!!!

E realmente saiu andando. Sem rebolar. Irada.

VIII

Bem, pelo menos o nome dele ela lembrava — pensou Christiano, ainda meio grogue dos drinques e da cacetada verbal que acabara de amortecer no peito. Hesitou em segui-la, principalmente quando avistou uma patrulhinha estacionada na esquina, do outro lado da rua. Mas teve de pensar, silencioso e curioso, no que poderia ter feito de tão grave para semear tamanha raiva na moça.

Será que eu não paguei o programa?, refletiu, quase entre soluços, ao mesmo tempo que avaliava se cabia ou não mais uma cerveja.

Não podia ser, concluiu. Christiano sempre pagava suas putas. Tinha sim, é verdade, outra meta de conquista em seus programas: pagar o primeiro encontro e conseguir que a segunda foda saísse de graça. Quando conseguia isso, ah, comemorava, pois entendia que tinha conquistado, de alguma forma, o sentimento daquela mulher aparentemente insensível, distante, meramente profissional! Não era tão pragmático no raciocínio. Na verdade nem sabia ao certo por que tinha prazer nessa gratuidade. Mas tinha.

O problema, ensinava aos amigos, é que putas que se entregam uma vez de graça geralmente começam a confundir as coisas e a esperar algo mais daquela relação explicitamente selvagem. Lembrava-se de situações embaraçosas que vivera com moças que passaram a não cobrar as trepadas e depois jogaram a conta emocional em cima da mesa e da cama. Aprendeu que, carentes, elas se sentem profundamente traídas quando descem o véu de sua falsa personalidade — revelando nomes de batismo e carinhos sinceros — e descobrem, adiante, que confiaram emoção e tesão reais nas mãos de um crápula, um canalha, apenas mais um cliente qualquer.

Ao falar disso nas mesas de botequim, aliás, investia-se de uma verve digna de advogado e passava a defender, na tribuna do chope, outras teses. Como a sua "Teoria da Dízima Periódica". Como assim?, questionavam os amigos, e a pergunta era a senha para mais um chope ou, em dias amaldiçoados, o famigerado Steinhaeger.

Sua lógica era matemática e muito bem decorada:

— É simples — contava aos ouvintes. — Você sai com a moça e paga cem reais. É um preço razoável, concordam? — Sinfonia de acenos de queixos, uma ou outra cara de reprovação! — Se na segunda vez ela dorme contigo de graça, a trepada já ficou por cinquenta pilas, certo? Terceira foda e, façam as contas, você já está pagando R$ 33,33 por cada gozada. — A risada é geral. — Aí que entra a minha tese. Se a puta dorme pela quarta vez, já acorda no dia seguinte lavando louça, varrendo sala, se acha a dona da casa... Se passar da dízima periódica, você está perdido, meu amigo...

Risos. Muitos risos. E mais cerveja, por favor.

...

Ok, um Steinhaeger também!

IX

Foi difícil, muito difícil, continuar a trabalhar naquela noite. Ilcelene bem que tentou. Yasmim, mais aplicada, chegou a dormir com um homem barrigudo num hotel barato ali mesmo em Copacabana. Mas a cabeça estava longe. Um misto de ira e paixão. Sonho e frustração. Torceu a noite toda para que aparecesse algum daqueles pervertidos, que gostam de apanhar na cama. Se viesse um desses, babava, descontaria nele toda sua raiva pelo pai de Matheus. Mas o dia estava fraco. Só mesmo o barrigudo, de gozo precoce, e uma punhetinha num estudante que dirigia o carro do pai. Punheta daquelas de quarteirão, que precisa chegar ao fim em menos de três sinais vermelhos, retornando ao ponto de partida. Cinquenta pratas.

Rotina dura essa da vida fácil. A uma antiga amiga e confidente, balconista em loja da Saara, sempre tentava explicar — mas no fundo buscava razões para si mesmo — a melhor forma de suportar o rodízio de machos a visitá-la interiormente. Argumentava que, no fundo, não é bem assim:

— Tô te falando, Alessandra: de cada dez homens que saem comigo, três gozam ao primeiro contato corporal, dois querem mesmo é uma dedada e outros três se satisfazem se masturbando enquanto me olham nua. Me comer mesmo, pau dentro, é um ou dois!

Alessandra se admirava. Mas duvidava. Por respeito, jamais Ilcelene Maria incentivara a amiga a se arriscar na putaria. Por mais que estivesse acostumada com a vida nas ruas, e pudesse até encorajar uma ou outra aventureira... com Alessandra não.

Voltou pra casa pensando na amiga e veio junto uma vontade amarga de chorar. Filho da puta desse escroto de merda...

No fundo da alma mundana, porém, acalentava o desejo de levar Matheus até ele. E a curiosidade de saber como ficariam os olhos castanhos do babaca ao saber que seu filho é um moleque saudável, que vive feliz na casinha simples que ela comprou com o dinheiro da putaria...

...E que almoça e janta todo dia graças a esta bucetinha que você comeu...

Desabou a chorar.

X

Christiano estava com a cachorra naquele dia. Era o Steinhaeger, com certeza! Mal virou as costas para a "puta neurótica" e veio aquela sensação de impotência que lhe invadia nesses momentos de não consumação. Precisava de uma vagabunda essa noite, "de qualquer jeito".

E foi assim. Numa esquina mais à frente, arrastou uma loura meio cheinha, com peitão, que vestia o clássico minissaia-branca-sem-calcinha. Já que a radiografou como vagabunda confiável, seguiu para o próprio apartamento, onde, por insistência dela — "é bom que se diga", gabaria-se depois —, usou camisinha para dar *uma* bem mal dada. Mas valeu.

XI

Ilcelene chegou em casa quase quatro horas da manhã. Tomou banho e um copo de leite. Chorou baixinho, para não acordar mãe e filho. Pensou em ligar pra Alessandra, mas, coitada!, ela pegava cedinho na loja. Ligou a TV e assistiu ao canal de compras, tentando espairecer com torradeiras de última geração e *grills* de ex-lutadores de boxe. Gostava da sensação de realizar visualmente o que poderia adquirir com seu sofrimento. Chorou mais um pouquinho e foi até o quarto do menino. Certificou-se de que ele dormia. Mais lágrimas. Que filho da puta, o Christiano! Aconchegou-se, cansada, no sofá verde quase oliva. A camisola rosa-bebê emprestava à cena um ar de Estação Primeira. Mas ninguém a assistia. Ficou ali pensando na vida. Em como seria se tivesse contado tudo praquele bosta. Jurou que nunca contaria. Pensou mais: ia deixar de fazer programa na Pê-Jota, a Prado Junior. Soubera que na Barra da Tijuca era possível fazer bom dinheiro. Se fosse o caso, apelaria até para um cantinho na Lapa. Mas Copacabana nunca mais.

Deu seis horas e Ilcelene Maria dormiu.

XII

Christiano se achava um idiota sempre que fazia isso: para jogar um charme, prometera à moça levá-la de volta à praia após a trepada. Como promessa é dívida — "principalmente quando feita a uma puta" —, lá foi ele de cabelo meio suado, cheiro de buceta por todo lado e porra na mão, sandália e meia... Uma *blitz* agora seria seu fim. Mas ele tinha seus macetes no trajeto Laranjeiras-Copa.

Desembarcada a moça, voltou pra casa com uma ponta ínfima de arrependimento corroendo o peito. Coisa passageira, ele sabia. Tinha valido a pena. Que peitão!, comemorou.

Deu seis horas e Christiano adormeceu.

XIII

Lá no quartinho do barraco, também eram poucos minutos depois das seis horas quando Matheus acordou.

XIV

Trinta minutos depois das seis foi a vez de Christiano enfrentar o despertador. Era sábado, mas estava de plantão, porra. Tinha esquecido... Foi tomar banho, e lhe veio à cabeça a lembrança daquela puta safada que o tinha desprezado junto à lanchonete da esquina em Copacabana.

— Vagabunda.

De onde a conhecia mesmo? Por mais que se esforçasse, não conseguia resgatar a memória sexual daquela vadia. Muitas vezes, só encontrava resquícios de uma trepada antiga com a memória fotográfica de um peitinho, um boquete... Mas com ela não vinha à mente nada de palpável. De *lembrável*.

— Vagabunda.

Como pudera fazer aquela ceninha no calçadão? Que bostinha, pensava. A essa altura, aquela pontinha de arrependimento pela gordinha loura da véspera já se apagara por completo. Depois do banho, saiu do boxe molhando o piso de cerâmica, e enxugava o corpo cansado quando falou alto, pros ladrilhos evaporados:

— Amanhã eu vou lá comer aquela baixinha de qualquer jeito!

Puta merda

O celular do cara caiu no chão, ele se abaixou, e, putz, foi a deixa, a hora certa para sacar o anel, sua arma preferida. Ergueu o braço moreno, com pelos alourados por aquele produto americano que sua cunhada traz sempre do Paraguai, e acertou o foco da *parada*, mirando por trás do próprio ombro. Queria dar uma boa sacada no carinha que estava mais ao fundo, na mesa do canto, falando alto e contando vantagens sobre orgias sem fim. Até tentou, com um leve e discreto curvar para baixo do dedo anular direito, ajustar a mira do pequeno espelho para o pau do garanhão, mas tinha uma porra de um casaco na frente, pousado displicentemente sobre a cadeira do bar meio restaurante.

— Que merda!

Nisso, o playboy quarentão que a acompanhava se reergueu, dando repetidos petelecos no celular, pra ver se ele sobrevivera ao tombo, e ela, rápida, se recompôs. Discreta, sem deixar vestígios, pousou o braço inquieto sobre a mesa. Se ele a conhecesse melhor, saberia que aquele sorriso sacana que ela oferecia agora só surgia nesses momentos, quando tentava ocultar algum desejo, alguma mentira ou traição. Ligeira ou não.

O anel espelhado era uma ferramenta sagaz a que Lívia se acostumara a acorrer. Um recurso útil para o dia a dia de uma garota de programa. Mas não só. Qualquer mulher deveria ter um, sempre advogava. Comprara o mimo numa feira em Buenos Aires, num *finde*-tudo-pago oferecido por aquele fazendeiro goiano, que a arrastara certa noite da Francellina, casa da Prado Júnior. Ah, bons tempos aqueles em que se prostituía no calor da Franchie, isso sim é que era boate! Com regras claras, taxas justas, bons drinques e clientes realmente a fim de se divertir. Gostava de chegar cedo e se sentar junto ao balcão do bar, para conversar com seu Antônio, coroa assanhado que, diziam, era broxa, mas que todo santo fim de noite sem féria soltava umas gracinhas pra cima dela, em tom meio jocoso, fazendo promessas exageradas de amor eterno.

— Na minha casa você só vai ter uma coisa com que se preocupar, menina: controle remoto! Vou mandar fazer um controle para você comandar não apenas os aparelhos eletrônicos, mas tudo! As cortinas, a porta, toda a cozinha, tudo!

Ela ria e brincava:

— Olha que um dia eu aceito a proposta, hein, seu Antônio...

Na noite em que voltou da viagem à Argentina, uma segunda sem lei, mostrou o anel a todas as meninas, claro, contando como paquerara os *muchachos* portenhos sem que o caipira goiano percebesse, usando sua "câmera de dedo", como a definia. Em verdade, ressalvava, não tinha gostado muito do que vira pelas ruas de Buenos Aires — em se tratando de machos, é bom que se entenda. Ela odiava homens de cabelo comprido, e, lá, muitos caras tinham essa pinta de "metaleiro espanhol", ostentando farta e longa cabeleira, quase sempre preta.

— Quando olho alguém de cabelo comprido deitado comigo na cama, me dá vontade de botar o carinha de quatro, só pra puxar os cabelos dele — justificava-se, para fanfarra das amigas. — É o que eu chamo de foda-charrete!

Dias depois, porém, passada a euforia do brinquedo novo, se arrependeu de ter contado a todas sobre o anel e da forma como "filmava" tudo e todos ao seu redor. Teria sido melhor guardar segredo, pois, como aprendeu com um policial federal com quem saíra muitas vezes ano passado, sempre vale mais uma pistola escondida do que uma metralhadora à mostra, pendurada na bandoleira do ombro. Se naquela primeira noite pôde tirar muita onda, contando vantagem e lançando olhares altivos, superiores, na direção da mulherada, depois, muitas vezes, ao usar o anel na boate, buscando espiar algo, deparou, no reflexo, com algum olhar atento e invejoso de uma das meninas da casa. Cientes do truque, todas elas gostavam de monitorar o livre "movimento de câmera" da bijuteria, e de presenciar e secar a sua habilidade com o instrumento de controle e conquista. E ela odiava isso. Pois todo *voyeur* goza mais com o anonimato.

Muitos eram os recursos que desenvolveu com o badulaque. Quando alguma situação inesperada exigia toda a sua carga de charme e beleza, elevava-o rapidamente ao rosto, punho suavemente fechado, em direção ao queixo refilado, lembrando um gesto sutil de quase socar o próprio rosto. Um *jab* estratégico. Com o olhar oblíquo, e a ajuda do pequeno espelho, ajeitava o cabelo, a sobrancelha, ou, em casos mais graves, até retocava a maquiagem. Tudo extremamente rápido. E em qualquer lugar. O anel era, antes de tudo, o amigo sempre pronto a socorrê-la em qualquer babado. E o parceiro perfeito e solícito para antes e depois de qualquer trepada. Quantas vezes, nos momentos de tristeza e solidão, não foi buscar apoio na profundidade de sua própria imagem, reduzida na face redonda do companheiro?

"Meu anel é gay!", costumava dizer.

Deu até um nome ao bicho: Miro. Por três motivos. 1) Era o nome de um negro forte lá do Complexo do Alemão, onde morara por um tempo quando adolescente, e um dos primeiros a comer sua bucetinha de menina, ainda apertadinha. E, mais importante: o primeiríssimo a fazê-la gozar; 2) o nome viera à cabeça após ouvir algo parecido saindo da boca de um gringo idiota, desconfiado com, o que depois aprendeu ser, o *mirror* que ela levava na mão; 3) e principalmente porque sentia um gostinho especial em dar um nome a algo que ornamentava seu corpo, imitando assim aquela mania maneira que os homens têm de batizar o bilau. Imaginava que deveria ser assim a relação entre os homens e seus perus, uma relação de amigos próximos e íntimos. Sim, o anel merecia também o tratamento em terceira pessoa. E nome próprio. E caixa alta. Miro era mesmo um companheiro maiúsculo. Um amigo gay.

Sempre teve uma curiosidade extrema em descobrir o apelido de cada pica que a penetrava. Era tipo assim...

Um hobby. Rebatia com essa pergunta sempre que os clientes faziam aquele costumeiro e insistente pedido para saberem seu nome verdadeiro. Por que será que todo cliente é ávido pelo nome de batismo de uma puta? Desconfiava que, conhecendo o nome verdadeiro, eles tinham uma sensação maior de posse, de conquista, de submissão. Pois bem, ia à forra arguindo a todos sobre os apelidos de seus respectivos cacetes. Chegava a jogar pesado, em alguns encontros, para obter a resposta. Vezes houve em que chegou a oferecer o cuzinho pelo nome do dito-cujo.

Valia tudo para conhecer a certidão de nascimento de cada piroca nova. Com o passar dos anos, desenvolvera até uma capacidade ímpar de associar e avalizar as características de cada membro com seus nomes, levando em conta critérios como pertinência, adequação, "grau de fixação na memória"... Lembrava, por exemplo, de um pau extremamente fino e longo a que o dono se referia como Virgílio.

— Dá uma chupadinha no Virgílio, dá, amor...

Concluíra que a associação ali se devia ao fato de que o nome próprio compunha-se de três *is* e um *ele*, todas elas letras finas e longilíneas. Certamente era isso, mesmo que inconsciente... Para ocultar traumas e complexos, homens costumam recorrer a metáforas veladas ao batizarem sua pemba. Jamais encontrara um cara de pau fino que o chamasse de Salsicha. Ou um infeliz proprietário de um pênis enrugado que o apresentasse como Buldogue... Ou Shar-Pei...

Os nomes mais engraçados e "didáticos" eram os que ela e suas colegas de *bas-fond* na Prado Júnior usavam, ao se referirem aos clientes que as visitavam com frequência na rua. Bastava dizer que o Batom passara de carro que ela já entendia que se tratava daquele radialista gordo, cujo pau era tão pequeno, fino e insignificante que mais lembrava aquela barrinha de chocolate, o Batom... Ah, pobre Batom! Toda vez era aquele constrangimento de vê-lo tentando acertar no pauzinho a camisinha — sempre frouxa, folgada... Bom mesmo era quando chegava atrasada à rua e as meninas avisavam:

— Sabe quem já passou duas vezes de carro hoje te procurando e prometeu que vai voltar? O Baobá!

Mas voltemos ao Miro, e suas mil e uma utilidades. Na cama, por exemplo, tesava-a, num tremendo 69, chupar o cara ao mesmo tempo em que o observava fazendo o mesmo nela, tudo naquela pequena, mas mágica, moldura redonda e prateada. Quando ficava de quatro, então, bastava esticar suavemente o braço e posicioná-lo cenograficamente de modo que pudesse observar a cara de mau que os homens fazem nesses momentos em que não estão sendo vistos. Graças ao Miro descobrira isso: quando possuem a mulher de costas, homens sentem uma propensão a assumir aquelas feições de canastrão que vemos nos filmes pornôs, uma cara assim de vem-pro-papai-sua-gostosa... Saca?

Adorava todo esse prazer que o Miro lhe proporcionava... Com ele ao dedo, sentia-se uma heroína de quadrinhos, com superpoderes de bisbilhotar o mundo sem ser notada, de entrar na intimidade de seus clientes, de ser uma câmera indiscreta da sacanagem imensa que a cercava. Na labuta, era o seu terceiro olho. Ou, melhor, o quarto.

— Um dia, quando eu casar com um homem rico, ainda vou instalar uma microcâmera no Miro — prometia a si mesmo.

Quisera já possuísse o tal mimo eletrônico naquela noite fria de outono, pernas de fora sem meia, bolsa *pink* colada ao peito, louca para ser arrastada para o calor úmido de alguma coberta em algum motel, mesmo aqueles pequenos e sujos das cercanias de Copa. Tirando os playboyzinhos de sempre, em grupo, zoando sem coragem de carregar ninguém, a noite até ali, uma e meia da manhã, só servira para encontrar a Adriana "Grazi", uma travesti que lhe devia cem pratas há mais de mês e finalmente resolvera pagar. Tinha visto também o carro do Batom apontando junto à Farmácia Piauí, o que a fez correr para se agachar atrás de uma van estacionada logo ali.

— Pau pequeno em noite fria ninguém merece! — deixou escapar às colegas, já levantando e se recompondo em seus trajes curtos.

Foi quando, de súbito, percebeu que encostava próximo a ela um Mitsubishi prateado, vidros escuros bem além do que a legislação permite. Deixou que ele passasse diante dela e, em vez de demonstrar interesse, volveu o corpo para a direita, como se procurando alguém na calçada próxima, olhos perdidos em direção à farmácia. Ao mesmo tempo, tratou de ir erguendo, vagarosamente, o amigo Miro junto ao rosto, um pouco à esquerda, para conseguir o ângulo certo. Pelo espelho, viu quando o vidro preto fosco do motorista desceu suavemente, mas dali não dava pra ver ainda a figura do mulato bem-apessoado, cara de homem, de bom comedor. Balançou o punho procurando uma tomada melhor e, de repente, refletida no imenso retrovisor do veículo, tropeçou com a imagem do sujeito, aparência jovem, que ostentava um sorriso maroto, nitidamente sabendo-se estar sendo observado. Ah, uma coisa que pensou: tinha pinta de jogador de futebol.

Assustada, recolheu o braço e, ato contínuo, balançou exageradamente os cabelos negros, tentando assim ocultar dele a olhadela que desferira em sua direção. Ouviu então aquele barulho de marcha à ré sendo engatada. Fisgara o cliente. Continuava olhando para o nada quando ele se aprumou justo ao seu lado, cuidadosamente alinhando seu cotovelo sobre a janela, e bem próximo a sua blusa decotada, já puxando conversa.

— Oi, boneca!

— Eu não sou boneca, meu amor. Se é isso que você está procurando, acho melhor dar uma olhada ali, ó, no calçadão da Atlântica...

— Humm, nervosa... Gostei de você ainda mais. Vamos sair, princesa?

— Não sou princesa, querido, sou puta mesmo! E são trezentos reais a hora — jogou pro alto e continuou: — É pegar ou largar! E só atendo em hotéis que eu conheço, garanhão...

— Calma, calma... Vamos conversar, gata. Eu pago trezentos, sem problemas, até mais. Eu e uns amigos estamos fazendo uma despedida de solteiro no meu apartamento, em São Conrado, e te dou mil reais se você for passar a noite lá e der uma trepada com o noivo, topa? Mil re-ais!

— Em São Conrado?? Nem pensar!!!! Nem por dez mil, gostoso... Nunca!

A conversa seguiu assim: ele prometendo mil garantias, que deixaria seu número de celular com uma amiga, um cheque com 50% do valor adiantado; ela recusando tudo, insistindo em dizer que não fazia programas fora de Copacabana, querendo receber tudo antes e *cash*...

— Vou dar uma volta pra você pensar melhor — ele encerrou, inesperadamente e já acelerando. Não sem antes buscar a mão direita dela e, ligeiro, sapecar um beijo fofo, de cavalheiro, e justo sobre o Miro, deixando as marcas de sua boca de lábios grossos no espelho miúdo. Embaçou.

O cara se foi, e Lívia sentiu aquela sensação incômoda que lhe vem sempre que tem a impressão de ter perdido uma boa oportunidade: um cara bonito, gostoso, certamente rico, aparentemente respeitador e delicado, isso sem falar na grana, que resolveria, dez dias antes, o aluguel que vencia no fim da semana que vem. Tratou de esticar a lycra vermelha do top-corpete para limpar o Miro e, frisando as sobrancelhas desenhadas, xingou a si mesma:

— Burra! Bu-rra!

Mais alguns playboys manés, uns tantos bêbados, uma briga barulhenta de vagabundas na porta da boate e meia dúzia de ovos atirada próximo ao incidente foram os acontecimentos de maior emoção na sequência daquela noite fria, já batendo quase três da manhã. Ah, o Batom também apareceu mais umas duas vezes, levando-a àquela ginástica forçada atrás dos carros: com corridinha e agachamento, corridinha e agachamento. Uma chuva fina começava a se fazer perceber quando ela deu uma última olhada no espelhinho para um retoque final na maquiagem antes de ligar pro seu amigo taxista e ir embora. Foi nessa hora que, pelo reflexo, notou a aproximação do Mitsubishi prata, que encostou novamente ao seu lado.

— Mil e quinhentos, bone... Gata! Fui lá na casa, falei com meus amigos, descrevi você e tive de voltar. Tem outras dez mulheres lá, mas nenhuma como você. E meu amigo quer porque quer você como despedida de solteiro dele...

— Como assim? Ele nem me conhece...

— Conhece sim, quando você tava de costas, fiz uma foto sua com o meu celular... Olha...

Droga. Miro, pela primeira vez, a abandonara. Como não a avisara e protegera disso?

— E quantos bofes tem lá?

— Pelo menos uns dez também, gata. Mas a maioria já tá meio caída e já deu uma trepada com as vagabundas. Ninguém vai te importunar, meu bem, eu prometo. Até porque, num outro dia, eu também vou querer conhecer você melhor — disse, já mostrando uns dentes brancos bonitos e puxando a mão direita dela, e junto o Miro, para mais um beijo molhado.

Lívia arrancou o braço abruptamente, como que com ciúmes do anel-confidente, olhou para o lado e, não vendo nenhuma amiga que pudesse ficar com o número do celular do carinha, resolveu arriscar.

— Ok, vamo nessa! Mas sem gracinhas no caminho, e, quando eu chegar lá, quero ir direto pra cama com o tal cara, combinado? Nada de ter de dançar e tirar a roupa pra plateia de bebum...

— Combinado — disse o mulato, que destravou a porta e se ajeitou no banco do carro, sem esconder a excitação. Parecia animado.

— Mil e quinhentos, certo? Cadê a grana?

— Isso, querida, mil e quinhentos, muito bem pagos. Segura aqui...

Ele passou um paco de notas, que ela folheou rapidamente e jogou pra dentro da bolsinha pink. Rebolou mais do que de costume ao dar a volta pela frente do carro e pular pra dentro, não sem antes passar a mão de unhas longas no couro preto do estofamento. Hummm, gostou.

Foram.

O caminho não tinha como não ser rápido, pois a madrugada chuvosa tornara as ruas ainda mais vazias naquela hora deserta. Além disso, o rapaz corria como se fugisse de alguma praga. Seguiram por Copa, atravessaram o Corte, Lagoa, tudo sob o som de um rap daqueles proibidões, o que deixou Lívia levemente cabreira.

— Você ouve isso, é?

— Sim, você não?

Seguiam monossilábicos quando, já no fim do Leblon, o mulato apontou o carrão para a Avenida Niemeyer. Ela procurou manter a calma, dizendo pra si mesma que muita gente vai pra São Conrado por ali, mas antes da quarta curva já confirmava suas suspeitas mais paranoicas. O sujeito virou o carro pra subida do Morro do Vidigal.

— Ei, pra onde você tá indo?

— Olha, piranha, vamos combinar uma coisa, ok? Você não me arruma problemas que eu te prometo que você volta pra casa viva e inteira, tá certo?

Pronto. Merda. Se metera numa furada. Lembrou logo da Ignara, aquela negona que, depois de ser estuprada por um cliente, hoje só atendia num conjugado da Pê-

Jota, e mesmo assim depois de sacar o cara pela câmera do porteiro eletrônico e pedir documento por baixo da porta. Ignara sempre dizia: "Quem faz programa na rua já foi, será ou *está* sendo currada." "Seu dia vai chegar!", praguejava a quem desdenhasse de seus sábios temores. Chegara mesmo.

Afastou as lembranças e resolveu reagir. Virando o corpo rapidamente, tentou abrir a porta do carro, sem sucesso.

— Deixa eu sair daqui! — gritou, mas não sabia que o carro, roubado, era todo blindado, e nem o som alto do "punkadão" podia ser ouvido do lado de fora.

A situação piorou ainda mais, pois o mulato boa-pinta, irritado com a tentativa de fuga, sacou uma pistola prata, cujo brilho ofuscou de longe o dos seus bonitos dentes brancos, agora em formação de ira, trincados:

— Quieta, vagabunda! Vai ficar quieta por bem ou por mal? Você que escolhe. Já disse: não cria problema que prometo que você volta pra casa...

Fazer o quê? Porta travada, motorista idem, só lhe restava mesmo se aquietar, já observando, com olhar perdido, as biroscas da subida da favela.

— Isso, assim que eu gosto. Menina esperta... Como é o seu nome?

— Lívia — disse e só então percebeu o quanto estava desesperada, pois sua voz tremia.

— Não, sua puta, eu quero saber seu nome de verdade, porra...

Era o que faltava. Mesmo transtornada, ainda teve um ligeiro instante de ironia, ao pensar que melhor seria, naquele momento, evitar perguntas sobre o bilau do filho da puta.

— Glaucilene... Gláucia! Pode me chamar de Gláucia.

O carro subia rápido, e, já numa altura avançada, o sujeito abriu o vidro e começou a cumprimentar uns moleques magrelos e armados, tudo olheiro do movimento. Caceta, não restava dúvida: estava nas mãos dos traficantes do Vidigal... Tudo cheirado, e bicho solto de morro quando cheira não é como aqueles advogadinhos de merda da Zona Sul não, ela sabia. Bandido de morro quando cheira o pau sobe, e muito. Tava, ou, melhor, em breve estaria, literalmente, fodida e mal paga. Sim, porque a essa altura já imaginava que não restaria um tostão daqueles mil e quinhentos na bolsa aquartelados.

— Olha, vamos combinar uma coisa? Eu dou muito pra todo mundo aí em cima, a começar por você, faço o que você quiser, mas, por favor, não me machuca não, tá? Vamos fazer tudo numa boa, tá?

— Ué... — rindo alto. — Cadê aquela vadia nervosinha lá do asfalto? Cadê?

Não olhava pro bandido em um só momento. O tempo todo permanecia virada para a janela, olhos fixos na imagem do mulato projetada no anel, que pousara no descanso da porta, dedos alongados para o alto, como se vistoriasse as unhas — posição que aumentava seu campo de visão.

— Outra coisa... A gente precisa usar camisinha, tá? Eu preciso...

O carro freou bruscamente e o mulato puxou Lívia pelos cabelos....

— O que que é? Caralho, você tem alguma doença, tem? — sacudindo a cabeça dela. — Se tem, fala logo, que te mato aqui mesmo...

— Não, não, não! Eu juro que não. — Pronto, desabou a chorar. — É apenas por segurança, sabe? Segurança...

— *Ok*, vou acreditar em você. Mas para de ficar me olhando por esse espelho no anel, vagabunda, para com essa merda ou arranco seu dedo fora!

E acelerou.

Caralho! Como ele sabia? Lívia apostaria que alguma putinha da Cicciolina tinha contado! Recusava-se a acreditar que perdera a técnica apurada em anos de sacação, que fora flagrada em seu segredo mais íntimo. Olhou uma última vez para Miro e agora pôde ver a maquiagem borrada pelas lágrimas. Recolheu e escondeu a mão.

Chegaram à casa, discreta, de portão, por onde alcançaram primeiro um corredor, depois uma escada, que os levou até a parte de baixo da construção, erguida numa encosta. Do corredor, já começou a ouvir música alta e gritos esparsos. Tremia dos pés ao *megahair*. Tomou coragem de sacar a velha arma e, com a ajuda de Miro, conseguiu focar a placa da casa, onde leu o número 715.

Meio conduzida meio empurrada pelo braço forte do mulato, entrou na sala, e a cena era de horror. Sobre uma mesa grande, redonda, de vidro, viu dois sacos de cocaína abertos, dois sacos grandes, desses que a gente vê no noticiário da TV quando apreendem alguma carga de droga, assim do tamanho de uma embalagem de um quilo de arroz ou feijão. Viu também roupas atiradas por todo lado, e uma loura bem magra, meio rindo meio chorando, passou correndo em direção ao que parecia ser um corredor. Na carreira, deu uma olhada de desespero pra Lívia e, em seguida, pareceu baixar os olhos pra Miro, provavelmente àquela altura refletindo alguma luz — ou dando algum sinal de conforto para a pobre moça.

Na sala ao lado, sobre uma mesa de bilhar, três caras comiam com muitos garfos uma mulata grande, de quase dois metros, e Lívia observou que ela tinha os braços amarrados por um cinto. Na boca uma bola vermelha, presa por um lenço. "Encaçapa ela!", gritava um deles repetidas vezes. O quarto estava escuro, e a única claridade vinha da luminária horizontal pendurada no teto sobre a mesa. Um dos marginais tinha uma garrafa de uísque na mão. Aliás, olhando melhor, viu que cada um tinha sua garrafa em punho, fosse uísque ou cachaça. "Encaçapa ela!"

— Aí, mulambada... Carne nova! — disse outro malandro que adentrou a sala de repente e já foi jogando Lívia num sofá cujo estofamento era de algo que imitava couro branco — mas não era.

Um baixinho sarado, traços de nordestino, totalmente nu, surgiu de outra porta e se aproximou com um baseado enorme na boca, quase do tamanho de sua pica — também uma "morra". Por um breve momento, achou que talvez pudesse não ser tão ruim assim, que pudesse ter uma noite tórrida com aquele paraíba bem-dotado, com aquele pau branco que bem poderia se chamar Mandioca, Queijo Coalho, Lampião... ou Marco Maciel. Mas, que nada. Logo, vindo de outras muitas portas que até aí nem se dera conta de que existiam, surgiram vários bandidos, de tudo que é tipo: brancos, pardos, marrons, uns com cara de pobre, outros com jeitão de jovem de classe média, todos nus, tatuados e com grossos cordões de ouro e prata pendendo sobre os dorsos bem-definidos.

Nem deu tempo de pensar apelidos para todos os perus que vinham em sua direção. Lembra-se vagamente de ter levado um tapa vindo da sua esquerda e de ter tombado no assoalho. É, fodeu! Iam começar as maldades.

No futuro lembraria de poucos detalhes daquelas horas. Dizem que apagamos essas coisas da memória, como se acionássemos algum tipo de defesa inconsciente. Sabe, porém, que fizeram de tudo com ela. Lembra-se, por exemplo, de uma hora, na cozinha, quando cismaram de brincar de cheirar cocaína no seu corpo. Teve de ficar de quatro, perna aberta, e cada vez escolhiam um lugar mais estranho para esticar a droga. Obrigaram-na a usar o pó também, claro. Ela até gosta, mas ali, naquele sufoco, não sentiu nada. Teve também de chupar muitas moças na frente de todos, teve de levar no cu e na boceta ao mesmo tempo... Já tinha feito isso, claro, mas ali, naquela pressão, um dos caras inclusive com um trabuco na mão, não deu pra sentir tesão nenhum. Só conseguia pensar em quando aquilo ia acabar. Apanhou muito. E lembra dos marmanjos rindo frouxo, gargalhando mesmo, e mexendo nas bolsas de todas as mulheres.

Já meio tonta, meio anestesiada, aguardava na fila a sua vez para ser pendurada numa corda, onde uma baixinha parecendo ser *di menor* já estava sendo jantada, quando pensou ter ouvido gritos e tiros do lado de fora. Sim, tinha certeza de que tinha ouvido tiros, mas os bandidos não estavam nem aí, continuavam a orgia forçada. De repente, um zunido forte seguido de um estouro do vidro da saleta foi a deixa: alguma merda no entorno da casa. Em seguida surgiu um moleque daqueles magros entrando pela porta principal e berrando:

— Os macaco! Os macaco tão aqui em cima...

Parecia a senha de alguma coisa séria, pois os malandros nem perderam tempo pegando roupas ou o que fosse, e saíram em disparada, trombando uns nos outros, alguns buscando as armas, outros a escada que descia ainda mais pra baixo da encosta. Assustada, Gláucia se agachou. O tiroteio agora tomara a casa inteira, e outros garotos, alguns aparentando 11 ou 12 anos, também entraram pelas portas e se entrincheiraram nas janelas, trocando balas com os "macaco". Ela começou então a se arrastar pelo chão, tentando sair dali, buscando alguma porta, mas logo ouviu uns grunhidos da garota pendurada na corda, que suplicava por ajuda e socorro. Pobre putinha. Pendia no ar, alvo fácil e vivo.

Até hoje, quando recorda a cena em pensamentos (porque contar mesmo, nunca contou pra ninguém), jura pra si mesma que chegou a interromper o rastejar e a se voltar para a menina, analisando por frações de segundo se devia ou não levantar no tiroteio para tentar libertá-la da corda, arriscando-se. Tem certeza, repete pra si mesma, que ia sim se decidir por ajudá-la. Mas nem deu tempo. Mal se virou, e o corpo torneado da piranhinha, peitinhos rosados recém-saídos da puberdade, estremeceu, enrijeceu, como num espasmo. Ouviu então um grunhido seco, e logo o corpinho de ninfeta voltava a balançar na corda, agora desfalecido, sem sinal de resistência. A pequena fora atingida por um projétil. O primeiro dos muitos que a perfurariam naquela noite.

Um desespero sem igual acometeu-a, e Lívia, agora mais Gláucia do que nunca, ofegante, desesperada, acelerou sua tentativa de fuga pelo chão gelado da cozinha.

Pensou em procurar suas roupas, mas o soar estridente e próximo de uma submetralhadora rapidamente a fez abandonar essas tolices. Conseguiu chegar à porta dos fundos da sala e percebeu um lavabo minúsculo que se oferecia à direita, e que podia ser a sua chance de escapar. Entrou. Mas lá dentro já estavam três meninas, aos gritos, e duas delas se apressaram em empurrar Lívia para fora.

Tropeçando em si mesma, quase caindo, foi se alojar atrás de uma poltrona roxa, horrível, de onde avistou uma janela escancarada para o corredor externo. Os vidros não estavam estourados, o que indicava que talvez fosse uma passagem segura naquela chuva de tiros que relampejava a casa.

Respirou fundo, arrancou um abajur da tomada e, usando-o à frente do peito, como um escudo improvisado, saiu em disparada pela sala, gritando muito, totalmente fora de controle mas determinada. Deu um salto de que não sabia ser capaz, levando consigo a cortina de renda que ornamentava a janela, e que se enroscou no seu cabelo falso. Já do lado de fora, joelhos e palmas da mão sangrando com a queda, assustada com a própria proeza, reconheceu aquele muro da entrada, que dava prum barranco, e não teve dúvidas. Pulou. Toda sem jeito, mas pulou. Os tiros ainda zuniam intermitentes, mas ali, atrás do muro, junto ao que pareciam ser pés de milho, um escuribreu total, se sentiu mais segura e com forças para correr ainda mais. Foi o que fez. Nua, descabelada e ensanguentada, morro abaixo.

Logo nos primeiros metros, porém, tropeçou em alguma coisa meio mole meio dura, talvez até fosse um bicho, nunca vai saber. E que diferença faria se um corpo fosse?

Rolou por muitos metros até bater num outro muro, sujo, um filete de esgoto sulcando o chão. Levantou-se, cambaleante, e, como percebeu que ainda dava para ouvir os tiros, teve cuidado ao erguer a cabeça sobre a mureta. Do lado de lá, viu que a luz era quase nenhuma, amarela, o chão de terra, e parecia amarelo também... Sim, era uma rua, uma rua da favela. Pulou rapidamente a mureta e pôde ver que a rua estava deserta, pois os muitos tiros tinham funcionado como um toque de recolher. Olhou prum lado, pro outro, e viu que uma das curvas, a da esquerda, parecia tomar a direção do asfalto. Concluiu que deveria ser por ali o caminho para descer. Era loteria. Loteria de sua vida. Apostou. Correu. Muito. Muito e sem parar, rua abaixo.

Os tiros, aos poucos, iam ficando mais longe, pálidos. Ouviu nessa hora um ruído de carros subindo, mas tinha sirene também. Era a polícia. Reforço subindo, sim. Mas achou melhor se esconder num matagal, deixando os hômi passar. Imagina, ter de ir pra delegacia explicar isso? Jornalistas, "macacos" ... Nem pensar! Quando as patrulhas se foram, retomou a corrida mas, logo em seguida, ouviu outro barulho de motor saindo de uma ruela escura. Era um Chevette. Bege. Desesperada, já sem forças, decidiu ficar no meio da pista e acenar com os braços. Era tudo ou nada. O cara parou e, com uma das mãos, ordenou que ela entrasse. E, sorte voltando!, não era bandido; era, digamos, um cidadão.

Foi assim, graças a esse santo homem, que chegou lá embaixo e, mais tarde, em casa, dia já nascendo, já vestindo a camisa de botão do taxista que a levara do morro até Copa insistindo em receber em troca um boquete — mas que, diante da narrativa, aceitou apenas seu número de celular. O importante é que estava em casa. Sã, ou quase sã, e salva.

Adormeceu como uma pedra, dormindo o sonho dos que não querem lembrar. Acordou com uma dor de cabeça terrível, certamente culpa daqueles coquetéis de uísque e cocaína a que fora submetida. Farinha de merda!

Mal abriu os olhos, caiu num choro convulsivo, guardado desde a véspera. Deu então uma vontade estranha de rezar. Uma ave-maria, pelo menos, pois não lembrava todo o pai-nosso. Afinal, estava viva e era isso que importava. Tentou jogar as pernas para o lado da cama e foi quando teve consciência do quanto estava machucada e dolorida. Observou o roxo nas pernas, algum sangue que secara nos ferimentos, procurou marcas na barriga, nos braços, nas mãos... Foi aí, nessa hora, que se deu conta de que estava sem o anel, de que perdera Miro, o amigo de todas as horas, certamente roubado por algum dos marginais. Mais tarde lembraria, de forma remota, de ter visto algum deles cheirando pó no pequeno espelho redondo. Mais tarde também, bem mais tarde, meses depois, aliás, reconheceu aquele mulato do carro num jornal, numa fotografia sobre traficantes que haviam sido mortos no Vidigal. Observando a foto estampada na primeira página, reparou que, no dedo do marginal, estava Miro — agora uma celebridade.

Numa manhã comum, na padaria e sem que ninguém entendesse bem o porquê, deu um soco na boca da Ignara, aquela mulata que a amaldiçoara. Nunca mais quis ter um anel daquele, pois a faria lembrar da maldita noite. Nunca mais também entrou num carro assim, sem se cercar de garantias mil. Nunca mais acreditou que caras em carros de rico são necessariamente ricos. E nunca mais gostou de dar apelidos aos caralhos dos clientes. Pra falar a verdade, depois daquela noite nunca mais gozou.

Vão-se os anéis; ficam os medos.

Parapeito

Ela sente falta mesmo é dos bem-te-vis. Dos pardais não. Pode perfeitamente viver sem eles. Mas a cantoria dos bem-te-vis, essa, sim, ainda ressoa num quintal da sua lembrança. Pois gorjeios têm a propriedade de se propagar no vácuo, aceite ou não a ciência. Difícil, compara, é realizar a memória do cheiro, do tato e do paladar. O som e a música são perfeitos e magníficos assim como as imagens, ela constata. Os dois únicos sentidos que conseguimos reproduzir em pensamentos.

Olhou o trilho por onde corre a janela, encardido pelo coquetel de sol e maresia, e fez a sua cara mais feia para um pombo que se equilibrava a poucos metros, totalmente à vontade, roncando diante da casa da Lourdes, a vizinha faladeira. No seu parapeito não, violão! É, definitivamente, eles tinham aprendido a lição, à custa de muito veneno em miolo de pão de forma mofado e migalha de *cream-cracker* velho, daqueles amolecidos fora da geladeira de porta só — mas com *freezer*, é bom que se diga. Se não existiam mais bem-te-vis para pousar por ali, ela não deixaria jamais os pombos, essas "baratas com penas", se criarem na lápide urbana de um epitáfio que lhe é tão caro. Na sua janela, seu altar profano de confissões, consentiria rolinhas — mas elas também haviam sumido de Copacabana.

A vida vidraça, vista assim de dentro, era um úmido e bolorento feltro azedo. Sem química. Camadas e texturas sem graça e sem luz. Pouco espaço, paredes de gesso, universo sem cosmo ou planeta sem galáxia... Abandono em qualquer dimensão. Isolamento e segredo — embora ouvisse quase tudo que a chata da Lourdes praguejava. O Leme, logo ali, mais à esquerda, já ardia um sol de oito horas, e ela se esmerando em cuidar do casal de periquitos, seu alento, depois passar as roupas e aí requentar o feijão... Segue o traçado torto e solitário de sua órbita pessoal com a certeza de que, todo dia, vêm a noite e seu brilho próprio. As moças que acompanha lá embaixo, o balé dos carros, as tramas que imagina estarem se entrelaçando na rua. Sabe o quão duro seria o destino de virar estrela cadente desse jeito, no buraco negro da insignificância. Por isso traçou coordenadas de sonho. E hoje se sente feliz e um pouco infinita ali. No parapeito da sua quitinete universal.

Nunca teve ou desejou luneta, mas usa aquele flanco dois por três metros, respiradouro de anos e anos de sonhos contidos, como sua cúpula de observação pessoal, sempre tentando entender e recriar o que se passa lá fora, no estranho mundo com molduras de alumínio. Será todo ele como esse trecho ali, onde mora, Prado Júnior, entre Viveiros e Nossa Senhora? Reza para que não seja assim o resto. Sem carro, parentes, amigos, quando sai à rua, coisa rara, vive nesse raio de não mais que trezentos metros. Daí a adoração pela pedra em que descansa braços e cotovelos.

O pequeno altar a Santa Luzia, iluminado no metro e meio de parede à direita da janela, ela poupa das piores cenas que avista da sua gávea privativa. E usa uma cortina rendada para isso. Noite após noite ali, a espreitar desconhecidos, a inventar realidades. Pausa apenas para a novela das oito, que começa às nove, e a que ela assiste religiosamente antes de assumir sua fantasia de *voyeur* — palavra que, por sinal, não conhece.

Biscoitos de polvilho, café, conhaque... Por vezes leva algum companheiro pra sessão ao vivo das ruas. O marido, ensimesmado, reclama até cansar, solicitando-a insistentemente e perguntando o que tanto você faz nessa janela, muié. Mas nunca em dias de jogos de futebol. E que bom que eles sejam agora mais e mais frequentes. Quarta, quinta, sexta, sábado... Domingo não faz diferença, pois as partidas são de tarde e a Pê-Jota não tem matinê. Ao menos, ainda.

Olhando ali de cima, sozinha, sozinha, constrói assim seus roteiros absurdos. Deliciosos e inconfessáveis. E batiza algumas moças que já reconhece, seja pelo andar ou pelo penteado, com nomes de amigas do passado. E segue imaginando intrigas entre essas tantas personagens, criando na cabeça diálogos que supõe acontecer a cada carro que encosta para flertar com as vagabundas, a cada briga, grito, encontro, a cada silhueta de pecado ou solidão. Faz da paisagem um filme de muitas horas. Sua noite-longa.

O filho e a filha, quando cismam de aparecer e visitar justo a essa hora, não entendem seus resmungos e a exagerada impaciência. Tudo pela ânsia de que sigam logo para suas casas, deixando que ela acenda o projetor de sua imaginação, a clarear suas ideias em horário nobre. Deixem-na em paz!, seus gestos suplicam, quase derramando propositadamente o café amargo que serve sobre os visitantes. Se a partida tarda, ela é capaz de oferecer aqueles biscoitos com que atrai pombos à morte. Não, isso não, ela ri sempre que cogita a arapuca, sabe que não chegaria a tanto.

Isto é, teve uma vez que, sim, chegou perto de acionar sua índole assassina: no dia em que ficou transtornada ao saber da ameaça de a filha se separar e vir morar com ela e o velho no quarto e sala. Imaginem seu desespero! Saber que poderia ter de aturar a arrogante da Tânia toda santa noite no sofá. Intrusa na sua sessão mais concorrida. Que perderia as melhores horas de seus dias vazios, quando destaca os tíquetes da razão e se deixa levar ao breu iluminado da loucura. Não quer nunca ninguém na poltrona do lado. E reagiu como se erguesse placas. Emoção esgotada. Lotação também.

A tarde mais uma vez passou lenta, com leve cheiro de Mentex — que ela achara no paletó xadrez do marido. Ao varrer a única e estreita porta de entrada do apartamento, o ruído da piaçaba gasta junto ao rodapé de tinta idem fez, como sempre, Lourdes, a inoportuna, se abrir numa tentativa de conversa fiada qualquer. Espanar as fofocas para baixo do capacho, sabe? Fez as honras de corredor costumeiras, esforçando-se para interromper a conversa e entrar logo, e então poder jogar alguns salgados no mesmo feijão do almoço e separar o meio pacote de *spaghetti* que enganaria a fome do marido mais tarde. Se reclamasse de demora o velho, arremessaria para ele a caixinha amarela, com a única pastilha que, maquiavelicamente, não mastigou.

Evitava o quanto pudesse ir à rua de dia, sim, atitude que para a noite jamais cogitara. Era como se lhe acometesse, tipo assim, um temor de cruzar o palco no meio do espetáculo. Veio a hora de ave-maria, um lusco-fusco nojento do início de inverno, e, antes mesmo de finalizar a janta, iniciou o ritual de sucessivos cigarros — que serviam como desculpa para se debruçar seguidamente no parapeito, um trailer para aplacar a ansiedade.

Pelo movimento prefácio da noite, e pela experiência que acumulara na observação do quarteirão, era capaz de, já àquela hora, antes da novela das sete, fazer uma previsão da farra — se das boas ou não. Reconhecia, por exemplo, as meninas que gostavam de chegar mais cedo para dar uma conferida num *scotch bar* qualquer da rua. Um *happy hour* que precede a labuta. Se muitas acorriam àqueles balcões cedo, bom sinal. A noite prometia. Trata-se por certo de pico de boas pescarias para as piranhas. Era raro, mas acontecia sim de, com sorte, uma delas já sair dali com um alemão encoleirado. Como a Esther, jovem branquela que identificava sempre pelo cabelo esticado, os arquinhos coloridos e, principalmente, pela dificuldade que tinha para andar sobre saltos altos.

Adorava a Esther. E por isso dera a ela o nome de sua melhor amiga na adolescência — quando, puras e ingênuas, brincavam de bonecas juntas — e também na juventude, então já sua companheira no curso normal, nos anos em que ainda sonhava ser professora e trabalhar. O que teria acontecido a Esther, a verdadeira? Perdera-se dela, como de tantos passados.

Em alguns poucos momentos era tomada pela curiosidade de pensar quais seriam os nomes reais de suas heroínas. Quer dizer, o nome de guerra, pois tinha conhecimento de que prostitutas escondem a identidade. Ao homenagear amigas de outrora, inevitavelmente usava nomes antigos, mais comuns em outras épocas. Com certeza, lá embaixo, os clientes conheciam meninas com nomes mais na moda, como Bruna, Luana, Bárbara, Giselle, Valentina... Quase todos frequentando também roteiros e elencos das novelas da TV. E se elas inventavam nomes, que mal haveria em criar os seus também. Além disso, excitava-a pensar que o acaso poderia parir deliciosas coincidências. Nesses tantos anos de vigília, com certeza já acertara o nome, mais provável o de batismo, de uma delas. E o fizera sem querer, apenas com o intuito de reavivar a memória de alguma amiga querida e de quem não tinha mais notícias. Como Esther.

Essa era a terceira ou quarta Esther que seguia com os olhos pela Prado Júnior — não sabe ao certo o número, mas, sempre que uma escolhida some, ela se esmera em substituí-la. O jeito desengonçado de andar, comum a todas, em menor ou maior grau, é o que a inspirou em todas as escolhas. A amiga de juventude tinha ficado marcada em sua lembrança e formação pelo quanto de pudica e safada se confundiam e oscilavam em sua personalidade. Diante dos outros, mesmo meninas, Estherzinha se comportava com decência virginal. Mas bastava ter alguns minutos a sós com ela para desandar a expelir seus delírios sexuais, descrevendo coisas de que jamais tivera conhecimento. Doidinha, a Esther...

Reprimida, extremamente controlada pelos pais, a amiga, por mais que sonhasse, não conseguia botar pra fora, de fato e efeito, sua voracidade pelos homens. Nem sua sexualidade. Tanto assim que jamais soube se equilibrar sobre saltos, ou escolher decotes. A última vez que teve notícias de Esther, ambas já beirando os trinta, continuava solteira e, jurou-lhe de pernas juntas, virgem. Assim como ela jamais, em tempo algum, ministrou uma aula sequer, abandonando o magistério e especializando-se em serviços domésticos e cuidados com pai e mãe que envelheciam. Imaginava que deve ter terminado seus dias assim, sem viver a pessoa que era e merecia. Quando batizava uma menina com seu nome, sentia como se libertasse a velha amiga dessa privação de prazer, vestindo-a de puta na Prado Júnior. De certa forma, claro, era como se voltasse a brincar de boneca com ela.

O marido chegou da rua, onde joga cartas e damas, e veio aquela hora mais chata da sua sessão particular. Espécie de curta-metragem a atrasar o porvir. Era quando tratava de apertar o FF de seus modos, apressando-se em saciá-lo, feijão ou Mentex. Velocidade também ao lavar os pratos, o suficiente para pegar o fim do jornal na TV, ao lado dele, pra disfarçar, e a novela de fé. Como era segunda-feira, e não tinha jogo, teoricamente ele resmungaria de sua ausência na sala. Mas, por sorte, desde que assinaram a TV a cabo, esse luxo, as mesas-redondas vinham sendo coniventes parceiras do início da semana.

Voltou ao parapeito e, irrequieta, varreu a rua com os olhos, procurando Esther ou outra de suas preferidas. Avistou Amália, uma mulata carnuda e espalhafatosa, inquieta, sempre a saçaricar de janela em janela dos carros em fila. Como um sargento da putaria, ela passa em revista o pelotão de putanheiros, sacudindo bastante os braços, cobertos de miçangas coloridas e barulhentas. Ganhara a alcunha fictícia numa homenagem a uma vizinha de prédio ali mesmo, no pardieiro da Pê-Jota, onde vivia desde os anos 60.

Por quase vinte anos, conviveu com Amália, a verdadeira, negra forte, com quem trocou muitos dedos de prosa e confidências, dividindo a angústia de criar filhos com sonhos enormes e salários de classe média baixa. Uma amiga para todas as horas, e que, em muitas ocasiões de necessidade, tomou conta de seus dois filhos por noite ou tarde. Além de tudo isso, fora uma excelente adversária nas noitadas de buraco, regadas a doses de vodca com gelo ou de conhaque. Sem falar que tinha sido ela quem lhe ensinou o truque e o gosto pelo exagero ao temperar suas receitas. Depois de Amália, porções de alho e cebola nunca mais foram as mesmas na sua casa.

Ainda se lembra de quando, ali por volta dos últimos anos 70, as primeiras vadias começaram a aparecer na rua, rodando bolsinhas — costume herdado nas zonas centrais da cidade, e logo abolido. Afinal, ali era Copacabana, o mais célebre dos bairros cariocas, ditador de modas para o Brasil e o mundo. Assim, era natural que suas prostitutas não imitassem ninguém. Revolucionassem! Desde os primeiros sinais do lupanar que se anunciava, Amália jurou que partiria dali. Religiosa, puritana, não suportava a ideia de cruzar diariamente com aquelas doidivanas a cada ida à padaria, a cada caminhada com os filhos nas mãos. E danava a vociferar contra o demônio, e, no início do ano, também contra o poder público, diante do ultraje que considerava receber a taxa de imposto predial, morando em plena zona.

Passou a chamar a mulatona de Amália no dia em que a viu sucumbir aos convites de missionários evangélicos e visitar a pequena igreja que o grupo mantém na rua, numa loja térrea. Pôde ver lá de cima o escárnio com que ela cruzou a porta do pequeno santuário, às gargalhadas. Mas, para sua surpresa, percebeu quando ela voltou, cerca de hora depois, com um comportamento visivelmente circunspecto, como se ajuizada por algum breve, porém profundo, sermão. Sobressalto maior ela teve ao perceber que, nos dias seguintes, a garota lá retornou, transformando aquele pit-stop num ritual que precedeu, por bom tempo, sua carga horária no asfalto. Adoraria saber, mas não tem ideia, o porquê de, sem mais nem menos, de uma noite para outra, ela ter abandonado o bom costume de bater ponto com a palavra de Deus. Não a perdoava por isso e, no íntimo, torcia dia após dia por um desfecho feliz dessa novela: seu reencontro com a religião.

Sabia, porém, que por trás de tudo isso estava a sua imensa ojeriza a igrejas e doutrinas de qualquer fé. Traumas da educação austera e dogmática que sofrera na escola católica. No convívio com Amália, a negona amiga de todas as horas, suportava apenas os comentários curtos e os vocativos espirituais da amiga, sem jamais permitir que ela se estendesse em algum tipo de catequese de condomínio. Mas eram bons tempos aqueles. A Amália querida, que não conheceu a igreja e nem os anos dourados da devassidão da rua, partiu com marido e duas filhas para uma casa simples numa daquelas praias do além-Niterói, acha que Piratininga ou outra qualquer. Ainda se falaram algumas muitas vezes ao telefone. Mas o tempo foi tratando de apagar esse saudável hábito de manter aquela amizade tão forte. Não perdoava também em si mesma esse parágrafo final.

Imaginou repetidas vezes um encontro com conversa sincera entre elas, as duas Amálias. A velha amiga, aposta, seria capaz de, com sua pregação e persuasão convictas, resgatar a jovem moça de seus descaminhos, levando-a, se não para perto do paraíso, ao menos para alguns passos do inferno. E se culpava muito por não ser capaz de realizar o mesmo. Volta e meia vinha essa onda de moralismo, que a invadia, empurrando-a a pensar que o mais certo seria abandonar seu posto passivo, de observadora, e descer para dar algum tipo de apoio moral àquelas moças. Não, juntar-se às missionárias evangélicas jamais! Mas poderia ao menos levar uma palavra de conforto, ou até mesmo um pouco do feijão requentado. Amália faria isso se aqui ainda morasse. Moveria montanhas para estender a mão a quem precisasse.

Mas logo outra voz se pronunciava sobre seus remorsos, emudecendo a compaixão, e ela refletia se, no fundo, o que queria mesmo não era ouvir de todas aquelas meninas as muitas histórias que tinham guardadas depois de tantos homens rodados em seus taxímetros. Era seu lado Esther se manifestando. Seu lado louca!

E assim seguia seus dias, com a mesma dedicação, a tenacidade e o brio de um escritor de novelas, uma Janete Clair de alpendre, uma Gloria Perez de Copa. E a trama que criava era generosa, tanto que Sofia, Izabel, Tereza e Cíntia pontearam ali em cenas que, para ela, eram inesquecíveis. Na montagem final da narrativa adicionava, à realidade do campo visual, seus delírios internos, numa combustão perfeita entre o material bruto de seus sentimentos e a edição final de sua maneira de a tudo suportar. Numa comparação rasa, fácil, digamos que o parapeito era um excelente divã. Sua melhor terapia.

Esther, Amália, Sofia, Izabel, Tereza, Cíntia e tantas mais ali embaixo, e a protagonista de todas as noites era outra, a sua covardia de ir até elas, se misturar. Fraqueza que foi se fortalecendo por dentro, até torná-la esquálida, anoréxica mentalmente, na certeza de que deveria irromper. Atravessar a fronteira da sua incapacidade.

Ignorar o *second life* orgânico a que se hipotecara. Descer.

E ela foi. Numa noite, enfim, ela foi. Arrumou-se rapidamente, diante da velha penteadeira de laca branca, escolheu dois brincos grandes de argolas, o vestido mais alegre a que se permitia ter, pegou o carrinho de feira, jogou a sacola de listras coloridas dentro e pegou elevador puxando tudo isso e ainda a si mesma, o enorme peso do seu medo. Com zelo redobrado, cruzou o assoalho mal encerado da portaria tentando parecer natural. Afinal, esse era seu passeio mais comum, embora nunca a essa hora, sete e pouco da noite. "Faltou carne-seca pro feijão, dona Virgínia?", disse o abusado Haroldo, discrição e gravata do uniforme fora do lugar. Respondeu serena, falando algo sobre arroz ou açúcar, não lembra, mas logo em seguida se deu conta de que, em estado normal, teria dado um safanão no desaforado, passado uma descompostura no velho empregado.

Respirou fundo na soleira da portaria, tomando fôlego como atleta que se apresenta para a final. Na calçada, ela sabia muito bem, não passava carro, mas mesmo assim, antes de avançar, olhou para os dois lados, como se temesse ser atropelada por algum encontro muito, mas muito esperado. Baixou levemente a cabeça, erguendo as retinas, numa tentativa de continuar incógnita, ainda por cima de tudo, sobrevoando, apesar do chão. E avançou, o coração batendo mais que o burilar das rodas do carrinho sobre as pedras do passeio.

Mal se aproximou do primeiro vão entre carros — um deles com pneus arriados, pôde ver —, já ia buscando a rua quando percebeu, próximas, as primeiras meninas, vistas pelos cantos superiores dos olhos, e em parte graças às cores berrantes do que elas vestiam. Ai, minha Santa Luzia, orou, buscando a protetora dos olhos, única divindade a quem jurava fé. Súbito, um menino de rua, com seus 7, 8 anos, passa correndo por ela, esbarrando pelo vão, sobressalto que por pouco não a fez desistir de tudo e bater em retirada para seu parapeito seguro, onde apoiaria a insegurança, antebraços e cotovelos sobre o vagabundo mármore cinza frio. Mas não era nada mais do que susto. Nem assalto, arrastão, nem briga, nada. Apenas uma criança correndo. Maltrapilha. Moleque brincando no seu pátio preferido, a rua, de onde não sai nem para dormir.

Ajustou o vestido estampado, apertando o cinto fino feito do mesmo tecido, e mais uma vez se deu conta de que estava fácil perceber seu nervosismo, pois novamente, como na portaria, agira de forma diferente do seu temperamento habitual. Afinal, não ralhara um ai sequer contra a atrevida criança. Em dias normais e ensolarados, soltaria um daqueles seus apupos carregados e incorretos, tipo: "Saaaaai, pivete!" Dessa vez não, preferiu apenas conferir se estava tudo em ordem com o visual que escolhera para esse momento sob holofotes. Refeita, percebeu que aquele momento tenso servira, de certo modo, para acalmá-la, pois inebriara seu pavor com uma fórmula perfeita: adrenalina seguida de reconforto.

E, como se refizera em determinação, partiria destemida ao asfalto não fosse uma voz que a golpeou pela direita.

— Tá tudo bem aí, vovó?

Petrificada, incrédula, foram toneladas que seu corpo venceu ao se guinar em direção a quem a interpelava. E um misto de alívio e frustração a invadiu ao ver que a moça não poderia, pela aparência, ser nenhuma das suas heroínas idealizadas. E sentiu alívio por não ter de enfrentar tamanha provação. E depois frustração, por não realizar logo ali, a poucos metros de casa, o desejo de, ao seu jeito, reencontrar alguma de suas grandes amigas, como Esther, Amália, Izabel e tantas mais.

Não sabe bem por quê, mas decidiu esforçar-se dessa vez para não agir novamente de forma diferente da habitual. E parecia uma caricatura dos detetives de filmes policiais com que o marido tanto vibrava ao reagir nada simpática com a moça, coitada. Um muxoxo rabugento, indiferente, bem ao seu estilo, foi a sua esmola de atenção, bem besta. Retomava a sua cruzada quando outra voz, agora da esquerda, a bagunçou de vez. "Ih, coroa marrenta... Ó aí, meninas... Não fala com a vizinhança não, é, puta velha?"

Assustada, antenas eriçadas, abandonou a posição de seguir rodapés e ergueu a cabeça, num ato de pura e legítima defesa. E veloz também foi a certeza de que essa última a falar, agressiva, era Angelina, a briguenta, assim batizada por lembrar-lhe outra amizade perdida. Uma fisgada longa, e ácida, cruzou seu corpo num trajeto que pareceu seguir o traçado da aorta. Por breves instantes, percebendo que outras se aproximavam, cercando-a de broncas e impropérios, teve a sensação de que desmaiaria, pois as luzes da rua, de seus letreiros e apartamentos, embaçavam e se confundiam. Não sabe bem ao certo quanto tempo durou aquele horror, talvez muito pouco, talvez horas. Um carro encostou justo naquele trecho da rua, e pelo visto conduzia dois sujeitos, um deles com braço tatuado para fora da janela, conhecidos e afamados entre as meninas, tanto que todas se eriçaram em sua direção.

Ainda lembra ter ouvido resquícios de desaforos, ameaças, risos e ordens para que saísse rapidinho dali. Num rasgo de forças e sanidade, após um giro de 180 graus, apressou o passo e conseguiu voltar à portaria, passar sem dar chance ao Haroldo, subir o elevador, entrar correndo em casa, para espanto do marido, e se jogar na poltrona, ao seu lado. Onde permaneceu calada. Arfando, mas calada.

Nunca mais quis reencontrar as amigas e seu passado.

Na janela, à noite, nunca mais se debruçou ou recostou.

Trocou a cortina de renda por um *black-out*.

E somou à lista de afazeres domésticos diários um novo ritual. Dar milho aos fétidos pombos, hoje seus queridos e protegidos.

Os bem-te-vis? Estes continuam sem aparecer.

Caixa Três

Puta é a segunda palavra que mais tem sinônimos na língua portuguesa. Só perde pra cachaça. As duas expressões seguintes neste ranking são dinheiro e diabo.

Todo santo dia, Jurandir aparecia com umas histórias dessas, com aquele seu desfile de curiosidades inúteis que encheriam a programação de cinco rádios Relógio — para os mais jovens, que não sabem, é bom dizer que se tratava de uma estação que só oferecia ao ouvinte hora certa, do Observatório Nacional, e informações tão indispensáveis quanto o peso do coração da baleia da Groenlândia. Tomar chope com o Jurandir, então, era o mesmo que ouvir a Rádio Relógio ao vivo, dentro do estúdio da emissora. Não havia item no cardápio que escapasse de seus parênteses e epítetos informativos, de seus apostos regiamente irritantes. A melhor referência é compará-lo aos antigos redatores dos almanaques de farmácia. E, se você não sabe do que estou falando, trate de ir ao Google, meu caro. A Era do Conteúdo não filtrou banalidades — multiplicou-as.

Figura, o Jurandir... Como era seu amigo e parceiro de longa data, o detetive Diniz já conhecia processo e ritual. Acontecera assim com ele mesmo, no início da amizade, anos atrás: quem se aproxima e o conhece tem aquela empatia imediata e deposita boas gargalhadas no azul da conta do menestrel. Falso crédito. Com o passar do tempo, aquela impertinência pelo estrelato em qualquer rodinha de dois começa a soar chata e redundante; e o novo amigo, a sacar de sua conta atenção, prestígio e companhia.

Além disso, o incômodo repetir da situação acaba por estampar nas falas de Jurandir pouca ou nenhuma credibilidade. A impressão que se tem é que, quando não há mais o que dizer, delirar ou "ensinar" sobre determinado assunto, ele começa a mentir deslavadamente — quando não opta por erguer, do coldre de lendas e historietas, uma galhofa qualquer nota. Em geral, nas tais rodinhas de conversa, é nesse momento que todos perdem a paciência e se afastam, o que só agrava seu elevado grau de carência. Aturdido, como numa síndrome de abstinência de plateia, Jurandir parte para um novo alvo, um novo desafio, buscando encantar outra pessoa, ou cristalizar em palavras novo devaneio. Com a munição na língua e a ferocidade recarregadas.

A segunda mania obsessiva dele é comer pipoca — e, se alguém nota, logo começa a falar da origem da palavra, que veio do idioma tupi, que significa "milho arrebentado", que uma xícara de pipoca tem 155 calorias, e por aí vai... Mas é a terceira e última neurose do parceiro de rua que os fez tão amigos e permite que Diniz ature ainda hoje suas mentiras e seus farelos. Como ele, Jurandir tem uma predestinação carnal a se envolver com prostitutas.

É "muito casado, bem casado, obrigado", ama os três filhos e, o amigo é testemunha, adora a mulher e a vida em família. Mas desde aquela primeira vez em que agiram juntos numa operação em Copacabana, ambos novatos na Polícia Civil, Diniz percebeu que Jurandir arrastava muitas asas pelas chamadas moças de vida fácil. E bastaram poucas conversas informais na primeira semana de ronda para que confessassem, um ao outro, o apego às rameiras. O vício comum.

Naqueles primeiros meses, limitaram-se a aproveitar as investidas de plantão a Copacabana, onde na madrugada era fácil contratar boquetes e programinhas sorrateiros, que consumavam em motéis amigos, localizados na área, e em troca de uma suposta proteção — a melhor moeda de troca no mercado da violência. Mas logo, logo começaram a se arriscar mais e mais, botando vez ou outra duas ou mais delas pra dentro da viatura pública. Como cúmplice, o fato de o veículo circular à paisana. Mapearam pontos estratégicos onde estacionar, e ali mesmo, nos velhos bancos de tantas detenções, consumavam outro tipo de presas... Se alguém os flagrasse, a desculpa seria fácil: prisão por vadiagem e condução à autoridade policial do bairro. Mas nunca aconteceu.

E assim seguia sua vidinha de jovens policiais afeitos a uma boa sacanagem, até o dia em que, numa parada rotineira, pra comer coxinha de galinha na rua Prado Júnior, encontraram Stephanny, putinha com quem já tinham feito algumas orgias dessas, surubas de viatura. Ela os reconheceu de longe, no balcão da lanchonete, e se aproximou com expressão visivelmente transtornada. Diniz deixou salgado e refresco de caju pela metade. Não tinha mesmo como e por que continuar a comer ouvindo ela relatar, em sórdidos detalhes, a violência que sofrera na véspera, de um cliente.

Uma mancha avermelhada próxima à sua orelha direita era prova do crime e da condição canhota do covarde filho da puta. Prostrado ao lado, Jurandir interrompeu a devora de um saco de dois reais de pipoca doce com leite condensado, e já ameaçava iniciar uma história também açucarada, pois rocambolesca, sobre a origem da palavra hematoma quando Diniz o interrompeu, severo, pedindo silêncio e perguntando à garota se tinham onde achar "esse merda!". Stephanny sacudiu a cabeça — e o movimento, exagerado, fez balançarem também, por baixo da blusinha amarela, seus seios miúdos e rosados, que o detetive conhecia tão bem. A menina decidiu então revelar algo mais do que suas curvas, pondo decote em suas reais intenções. Não, não era exatamente "umas porradas" pontuais que ela queria com a dupla de canas. Cacetadas de varejo, por mais que merecidas, não resolveriam seu problema. Ela precisava de oferta no atacado. E Diniz compreendeu tudo depois que a moça explicou que o delito só acontecera porque, depois de meses trabalhando apadrinhada por um coroa policial, ele sumira, ficando ela totalmente sem proteção.

Um tilintar de moedas soou no misto de lanchonete e pé-sujo, Diniz pôde ouvir, e em seguida jura ter reconhecido, ao longe, aquele som estridente e enferrujado do fechar da gaveta de uma caixa registradora — mais ou menos como nos desenhos animados que o acompanharam na infância, isso bem antes da fixação por seriados e filmes policiais, fontes de sua vocação. A ficha caiu e, reflexo contínuo, olhou para Jurandir buscando cumplicidade. Ele o fitou com ar imbecil e, diante da oportunidade que o breve silêncio lhe oferecia, perguntou se o parceiro e Stephanny sabiam quantas prostitutas eram agredidas por dia em todo o mundo...

Diniz se despediu da pequena, tomando antes o cuidado de tranquilizá-la e, mais importante, anotar seu novo número de celular. Já dava alguns passos afastando-se quando resolveu retornar. Aproximou-se do ouvido dela e cochichou que mais tarde precisariam se encontrar para falar mais sobre isso, e que ela podia ficar tranquila que, a partir daquele dia, quem cuidava dela era ele... E o Jurandir, é claro, completou. De onde se posicionou para segredar, roçando a barba malfeita no rosto da putinha, pôde rever, por míseros, mas deliciosos, segundos, boa parte de seus seios, o que lhe deu um tesão inesperado pra aquela manhã de sábado ensolarada. Ele adorava isso.

De volta ao carro, desandou a zoar o parceiro. "Tu não entendeu nada, né, Jurandir?", mandou, debruçando-se sobre ele pra buscar um chiclete no porta-luvas e espanando com os dedos uns flocos da pipoca doce que estavam perdidos por ali. Mas era apenas provocação, pois a parceria na rua havia lhe ensinado que, embora avoado, e chato como ele só, o amigo, de bobo, não tinha nada. Jurandir sabia muito bem como agir sempre que a vocação policial o convocava. E começaram a descobrir naquele dia que ambos haviam nascido pra isso: a cafetinagem. Terceirizada, é bom que se diga.

Lá se foram uns bons três ou quatro anos desde aquela manhã esbaforida e reveladora. Na gênese, dias contínuos, Stephanny apresentou mais e mais colegas, as "primas", em situação semelhante, e, com o passar do tempo, e, claro, a firmeza na prestação do serviço, Diniz e Jurandir viram seu novo negócio prosperar. Hoje mantêm uma bela carteira de clientes, digamos. Além dos afazeres rotineiros de policiais civis, e pra completar seus parcos salários do estado, a dupla controla seis apartamentos nos arredores da Pê-Jota. Um caixa dois providencial, seguro e sem grandes riscos. O esquema cresceu tanto que tiveram de contratar três policiais reformados pra dar apoio no trabalho de proteção. Um trio experiente, coroas, policiais reformados, que se reveza em turnos por ali, no quarteirão, à espreita, *cercando Lourenço*, como se diz, pronto pra dar o bote. Um susto de jeito no primeiro malandro que se engraçar, deixar de pagar o programa, bater numa menina, o que seja. Nas rápidas preleções que Diniz faz aos contratados ele sempre bate naquela tecla, em tom severo: "Puta é trabalhadora e, desta forma, merece respeito, porra!"

Proteger vadias no nobre ofício da libertinagem é labuta sem rotina. Trampo animado. Aparece tudo que é tipo de engraçadinho. A maioria das meninas é escolada e, de acordo com as orientações dos policiais, segue uma cartilha de precauções, que inclui, entre outros cuidados, pedir o pagamento adiantado, é claro. Sempre. A grana, ensinam os seguranças, deve ficar com alguma colega, outra garota do apartamento, que desce junto, quando um cliente passa de carro pra recolher a vagabunda contratada. Em alguns casos, como com clientes de histórico conturbado, é o próprio cana que se apresenta pra receber a grana. Menos pra garantir a fatura; mais pra lançar aquele olhar de aviso prévio, o alerta dos sentinelas.

De uns tempos pra cá, passaram a recomendar, também, que solicitem e registrem o número do celular do sujeito que as reboca de carro — controle que fica a cargo da telefonista de cada "unidade operacional" —, termo grafado em todos os quadros de avisos que Diniz faz questão de pendurar nos apartamentos. Ele recomenda e exige ainda que, ao chegar à casa do cliente, ou a um motel, a menina telefone para a "base" e passe as coordenadas de onde está, mas ainda são poucas as garotas que seguem esse item da cartilha. Um procedimento a melhorar, ele planeja.

A desobediência à regra nem sempre é mera displicência: telefonar ao chegar ao local do programa é atraso de vida para aquelas putinhas que se acham mais espertas e gostam de armar uns ganhos por fora. A malandragem é manjada: a menina acerta e cobra por um número xis de horas, mas fica um pouco além do tempo com o cliente, desde que, óbvio, ele pague um bônus *cash* — que ela nunca repassa à contabilidade do apartamento. "Piranha é piranha!", Diniz vocifera, neurótico por não perder um centavo sequer.

A tenacidade no controle do faturamento se justifica. Foi graças aos ganhos da atividade paralela que o inspetor conseguiu comprar e quitar a casa de dois pavimentos em Bangu, de fachada revestida por aquela cerâmica azulada que ganhou dos comerciantes da rua Frei Caneca, recompensa a que fez jus após prender um moleque que andava atazanando seus negócios. Foi depois da investida no ramo da prostituição, também, que passou a poder matricular seus dois filhos em escolas particulares, incrédulo que era na educação pública. E o carro novo. A casa de praia em Araruama... A verdade era que, prostituindo-se como policial, abençoara sua vida.

A maior parte dos acordos de proteção Diniz tratava diretamente com a dona do apartamento, a cafetina oficial. Sim, pois seu serviço, ele sempre ressalvava, era terceirizado. A ponta final da cadeia, gostava de minimizar, plantando anonimato. Essas donas de pontos, em geral, são senhoras com mais de 40 anos. No mercado da putaria há, sim, espaço para as veteranas — e nisso ele difere do mundo das drogas. "Me cite um traficante de cabelo branco!", altercava com frequência. São velhas prostitutas, cansadas de guerra, que, como não se arrumaram na vida com um industrial ou algum gringo, sentem que chegou a hora de pendurar a lingerie, mas decidem seguir no ramo. Tipo assim, como jogadores pouco talentosos que depois se empregam como técnicos de futebol.

É natural que essas matronas já estejam bem passadas para o ofício, mas registre-se que muitas delas mantêm visitas e atendimentos a alguns clientes antigos, seus marmitas. "A vida útil de uma puta na noite de uma grande cidade é, em média, de sete anos", declama Jurandir, cofiando o queixo mal barbeado. Deve ser mais um chute dele, mas é a mais pura verdade que a rotina reclusa nesses apartamentos engorda a maioria das moças, levadas a passarem seus dias diante da TV e comendo enquanto seus lobos não vêm. "Qual a quantidade de calorias que uma puta ingere entre um cliente e outro, Jurandir?", perguntou Diniz, só pra zoar o amigo.

As matriarcas da Prado Júnior sempre o remetem a uma curiosa lembrança, um episódio marcante da sua carreira como cafetão laureado da Polícia Civil. Visitava com Jurandir, ambos à paisana, a Vila Mimosa, outra famosa e tradicional área de prostituição do Rio, localizada à rua Ceará, junto à Praça da Bandeira. "Sabia que, há cem anos, a Vila Mimosa ficava na Zona do Mangue, no centro da cidade? Foi daí que surgiu a expressão zona como sinônimo de lugar de putas, sabia?", apressa-se em catequizar o previsível parceiro. "A Vila Mimosa, inclusive, a nível de origem, surgiu na época em que desembarcavam aqui no Rio as mulheres pobres do leste europeu, fugidas da Primeira Grande Guerra. Eram as chamadas 'polacas'", prolonga-se. Em todas as seis ou sete vezes em que tinha estado lá ele repetira essa lenga-lenga.

Apesar do nome aprazível e delicado, a Vila Mimosa é uma cintilante sucursal do inferno. À noite ou de dia, luzes avermelhadas, ponteadas por outras amarelas, verdes e azuis, criam aquele ar de quermesse da sacanagem, com meninas pouco encantadoras e magrelas se misturando a veteranas de bochechas e quadris largos. Se aparece por ali uma mais "ajeitada", como dizem os mineiros, é fila na porta do quarto, pode apostar. Na Vila, habitam mulheres sem pudor que, também sem a menor cerimônia, sacam desodorantes e começam a borrifá-los nas axilas mal depiladas, isso em pleno salão ou nas escadas que levam aos quartinhos de atendimento.

É comum observar ali, entre as profissionais, jovens que trabalham o tempo todo espreitando atrás de portas, a observar o risco de que algum conhecido cruze a viela. São putinhas que se vendem sem o conhecimento de parentes e vizinhos, e que se despedem de suas famílias encenando que estão indo trabalhar. Como salvo-condutos, criam empregos fictícios em fábricas, e assim podem alegar que lá dormem em alojamentos. Ou que trampam em casas de família, o que lhes permite justificar a ausência por tantos dias na semana, que passariam acolhidas em cubículos além da área de serviço.

Na primeira vez em que lá esteve, o que mais deixou Diniz estupefato não foram as cenas esdrúxulas de assédio a mulheres feias e tampouco as muitas menores de idade que se camuflavam sobre saltos altos e sob shorts mínimos. Foi, sim, a cena bizarra que se desenhou a sua frente numa das casas mais fétidas da Vila.

Ele e Jurandir circulavam protocolarmente, escoltados por uma liderança da associação de putas locais, quando saltou aos seus olhos uma senhora bem idosa, achou que beirando os 70 anos, ou mais, e que permanecia aparentemente cimentada a um córner da saleta da casa de saliências. Maquiagem borrada, tendendo ao violeta-claro, tom próximo ao de seu *collant* encardido, cujas alças com *strass* multicores pouco conseguiam agir contra a gravidade, mal sustentando seios que, de tão murchos, haviam se tornado dobráveis como folhas de papel. Seios de *origami*.

Era uma cena triste. Aquela idosa ali, sentada, constrita, ombros apontados pros joelhos, uma perna levemente dobrada e pelancas folheadas sobre o banco alto de pés marrom-ferrugem e tampo de fórmica lascada e branca. As bochechas, encharcadas de um ruge muito abóbora, que criava crostas, ressaltando os sulcos da sua pele enrugada, guardavam mais feridas que as que Diniz poderia de fato contabilizar, algumas delas provavelmente resultado de mordidas de insetos e bichos, que a confundiam com os móveis velhos do ambiente.

Sobre o colo do peito, também enrugado e sardento, logo acima e entre os seios derrotados, novas marcas em alto-relevo. Os cabelos, sem sinal de vida, eram desgrenhados, num tom que mesclava resquícios de anos e anos de camadas e mais camadas de tintura barata. Uma Madame Min sem o colorido dos quadrinhos; figura esdrúxula, principalmente por estar ali, lugar de encontros, lançando alguns poucos olhares em direção à porta, como a esperar por alguém.

Diante daquele quadro de muitas tintas, o inspetor não resistiu à curiosidade e, virando-se para o "guia", perguntou a ele o que uma mulher como aquela, acabada, velha, sem nenhum atributo carnal, estava fazendo naquele lugar. Quem seria capaz de arrastá-la para um programa? Internamente, ficou a imaginar que talvez existissem mais taras do que pudessem supor nossas vãs ojerizas. Como homens que têm tesão louco por se deitar com alguém que se assemelhe à própria avó, seria isso?

A resposta ainda hoje o eletriza e emociona. Disse o tal sujeito que mulheres como Eunice — era este o nome da bruxa — se preservam na população na Vila: putas que têm mais de 60 anos e trabalham ali há pelo menos 40. Todas testemunhas e, ao mesmo tempo, protagonistas da época romântica da prostituição, em que visitas a elas eram como *pit-stops* obrigatórios de respeitáveis senhores casados. Homens que mantinham esposas comportadas e submissas em casa — com as quais, em muitos casos, só faziam o apostólico sexo para procriação — e mulheres da vida sob constante demanda.

Explicou ainda o sujeito que algumas dessas meretrizes "das antigas" passam seus dias esperando a chegada desses mesmos clientes, desses mesmos senhores, já também com cabelos brancos e rugas, e que hoje as visitam apenas para mostrar as fotos dos filhos já crescidos, formados, para conversar um pouco sobre a família, a vida, as lembranças da juventude...

Achou aquilo de uma beleza ímpar — o que o fez permanecer num silêncio filosofal por instantes. A admirar a fidelidade carnal e emocional daquela veterana. E a contemplar o lirismo daquela espera. Pensando sobre o carinho que ambos, puta e cliente, nutriam entre si, resultado de anos e anos compartilhando lutas e sonhos, Diniz olhou uma última vez para aquela senhora, com imensa ternura, antes de se virar e partir. "Alguns velhos arriscam até uma sacanagenzinha, mesmo que de pau mole, sabia?", disse seu condutor, impedindo o prolongar do seu fascínio.

Vagando nessas recordações em plena ronda, Diniz percebe que, durante todo o devaneio, Jurandir falara ininterruptamente ao seu lado, algo sobre a origem das putas na história universal. "Daí o complexo de Maria Madalena, entendeu?", disse ele, o que soou incompreensível e levou Diniz a ligar seu fictício botão de ejetar. Explique-se: sempre que precisa interromper as loucuras professorais do parceiro, apela para o lado mais ingênuo dele, indagando-o sobre o que chama de sua "história favorita". Provocação a que Jurandir, após um sorriso de incomensurável satisfação, responde imediatamente, arrumando-se no banco do carro e trazendo à luz, mais uma vez, a clássica tirada de Jack Nicholson. Em detalhes, descrevendo cada cena em minúcias, degusta o relato daquela entrevista coletiva na qual o ator teria sido arguido sobre o porquê de, mesmo sendo um cara bonito, rico e famoso, continuar buscando a companhia de putas. "'Eu não pago a elas para que se desloquem até a minha casa. Pago, sim, para poder mandá-las embora na hora em que eu bem entender'", exclama o parceiro, reproduzindo e imitando a voz do astro, em tom exultante, caindo em seguida em sonora gargalhada.

Para disfarçar, Diniz finge rir também, puxa em sequência uma conversa amena, sobre futebol, por exemplo, e consegue, assim, interromper por alguns minutos as transmissões da Rádio Jurandir. Conquistado o silêncio, prossegue na condução de sua viatura, que a esse tempo já cruza a Pê-Jota, sua área. Estende o braço esquerdo tatuado para fora da janela e parece perceber alguns olhares de soslaio de meninas que conhecem a sua fama e, julga, gostariam de tê-lo também como protetor. Algumas, lhe dá tesão pensar, certamente já ouviram histórias sobre o seu desempenho sexual na cama, e por isso acompanham o carro com miras de desejo, talvez imaginando o dia em que serão escaladas para aquelas orgias promovidas em estacionamentos fechados ou ruas escuras, pois essa mania a dupla nunca perdeu.

Como roleta de cassino, pela sua cabeça vão girando rostos e detalhes dos corpos das centenas de messalinas que conheceu nessa vida de tantos serviços prestados. Todas perfeitamente descartáveis. O que as torna pouco diferentes das camisinhas que consome para possuí-las. Com exceção de uma, claro, que hoje se esforça para esquecer. Uma com a qual avançou mais do que é seguro avançar na relação entre um homem e uma puta. Aquela que laçou dele algo mais do que o simples esporte masculino de possuir.

Apaixonar-se por puta, de fato, é um sinônimo de vocação para otário. Ninguém, em sã consciência — e saudável machismo —, alardeia isso aos quatro ventos, aos quatro cantos e aos quatro amigos de um balcão de botequim. Lembra-se bem, inclusive, de uma ligação reveladora, do gênero, que recebeu certa vez de um amigo de infância — na verdade, típico filho de amiga muito próxima da mãe que, quando criança, era quase primo, mas depois, com os anos, se tornou estranho absoluto. No caso desse sujeito, estranho duas vezes — pois a aparente timidez de antes resultou num comportamento para lá de doentio. Um babacão, mesmo. Já cruzara com o tal uma ou duas vezes, ambos não indo além de um balançar de pescoço reverencial. Mas talvez por saber que o velho parceiro de futebol de playground enveredara pela carreira na polícia, um dia, do nada, telefonou-lhe a peça. Sussurrando ao telefone, contou que se apaixonara por uma vagabunda de Copa e que vinha frequentando a casa dela, mas fazendo a linha mosca de padaria: ele, sem grana; ela, sem paciência e vontade para deitar com ele de graça.

Conformado em sua insignificância, extasiava-se apenas com o que considerava ser um privilégio, de poder estar na casa da moça, cujo bilhete de ingresso eram alguns pacotes de macarrão e enlatados que ele roubava da despensa dos pais. Saciava-lhe ficar ali, por perto, mesmo sem comer ela ou mesmo ninguém. Resultado: numa dessas noites em que desfrutava da companhia da vadia e de duas amigas diante da TV, deu-se lá uma batida policial — indo todos parar na delegacia, onde passaram bons pares de horas, sendo então dispensados.

O temor dele, explicou, era se poderia advir disso algum problema em sua ficha imaculada de pacato cidadão. Controlando o sorriso, Diniz o tranquilizou e, para que não houvesse dúvida, fingiu anotar o número da delegacia e o prenome do delegado, prometendo entrar em contato para conferir. Não se estendeu no assunto, ainda mais por saber que essas batidas ocorrem para algum tipo de acerto de contas entre policiais e a cafetina ou, mais comum, entre policiais e policiais. Sim, mesmo entre eles, é preciso aparar algumas arestas quando se quer continuar a explorar as curvas femininas.

Por essas e outras, pensou, que é sempre ridículo chamar um amigo e confessar o amor por alguma vagabunda. E concluiu: só um garoto muito novo para cair na armadilha e na excitação de se imaginar o Richard Gere naquele filme em que aquela atriz bonitona — como é mesmo o nome dela? — faz um papel de putona, que acaba sendo por ele resgatada para o *grand monde*. Moleques ingênuos têm essa tendência a se acharem super-heróis de piranha, capazes de salvá-las da vida de perdição. Mas o pior é que alguns macacos velhos também...

Pergunte a qualquer putinha por aí: quantas vezes ela já ouviu essa balela. Aquele papinho pueril tão comum em colóquios em que um dos lados, o cliente, está invariavelmente bêbado. "Vou tirar você dessa vida" e "Te dou casa, comida e roupa lavada" são as parvoíces mais corriqueiras. E tenham todos a certeza de que alguns imbecis acreditam piamente nisso, ao menos até o primeiro Engov do dia seguinte. Aqueles que chegam ao desespero de amar uma puta de verdade nunca confessam. Nem mesmo para as próprias. Foi assim com o Diniz, aliás.

Jenny era o nome dela. O de batismo, Maria Januária. E nessa primeira vez foi de fato arrebatador. Beirou vestir o hábito dos babacas. Ainda se lembra da noite em que ela surgiu, saída de um bolo de putas amontoadas na esquina, e embarcou numa trupe que adentrava a viatura "dumal". Foi bater os olhos naquele narizinho arrebitado e pronto. Por pouco não a impediu de participar da sacanagem, como se uma pontinha de ciúmes já o domasse por dentro. O tempo todo, entre bancos, câmbio e o "puta-que-pariu" acima de cada porta do carro — que nas trepadas ajuda ainda mais do que nas perseguições a bandidos —, ficou observando aquele jeitinho meigo de ela se movimentar, ao mesmo tempo desengonçada e ágil.

Seria "di menor"? Jurou que não. E tinha uma suspeitíssima carteira de identidade para sacar nesses momentos. Tempos depois ela confessaria que, já naquele primeiro encontro, percebeu que o tinha nas mãos — e contava isso com escárnio, fazendo um gesto de masturbação com a mão direita elevada sobre o ombro esquálido. Seria mais apropriado se ela fizesse aquele outro gesto, pois se fudeu mesmo feio com aquela pirralha. Quanto mais a comia, mais ele é que ficava de quatro por ela.

Teimosa, recusava suas ordens para que se juntasse a um dos apartamentos sob sua escolta, preferindo sempre a rua e suas aventuras. Entre as poucas conquistas que obteve, aceitou deixar de receber dinheiro em seus encontros, em troca de presentinhos, agrados e uma ou outra conta de luz ou telefone quitada — sempre com quantias que ele conhecia apenas da boca da ordinária, com valores exagerados que jamais viu impressos em boleto nenhum.

O mais grave é que, por um desses mistérios do comportamento humano, nunca foi com ela o amante que sempre se revelara na cama com outras mulheres. Insaciável, com o tempo e a intimidade, Jenny começou a polvilhar gracinhas sobre sua performance na cama, com interjeições curtas, mas que resultavam em longas estocadas no seu moral. Tipo ela se virar de lado após a foda, sem esboçar um orgasmo sequer, e soltar entre os dentes perfeitos: "Você é tão fraquinho, Diniz..." E dizia isso com carinho e compaixão contagiantes, suficientes para reduzi-lo a um idiota, incapaz de supri-la sexualmente, mas apenas no papel de macho mantenedor, pagador. Por isso se enchia tanto de razão e superioridade a cada vez que assinava um cheque ou dava algum maço de notas para aquela safada. Era essa a posição que mais o favorecia. A única que o iludia de ter algum poder.

A separação não foi difícil, porque não houve nem tempo para um simples tchau. Linda, cobiçada, Jenny começou a aparecer mais e mais com roupas bonitas e provocantes na pista — o que levava Diniz à loucura, de ciúmes. Não foram poucas as vezes que, num ato de desespero, parou o carro na Prado Júnior e desceu disposto a arrancá-la da rua, ao que ela reagia aos tapas, gritos e beliscões, como se estivesse sendo atacada por um policial sem escrúpulos, quando era apenas o flagrante explícito de um homem num ato de paixão. As cenas de briga, péssimas para a reputação dos dois policiais entre as moças e também com os moradores da região, só terminavam com a intervenção do Jurandir, que continha o amigo com os braços e o arrastava de volta ao carro, ainda bufando.

Lembra-se bem da vez em que, deitados numa cama de motel, dia raiando, ela contou a ele que, convidada por uns produtores americanos, participara de um filme pornô numa suíte bacana de um cinco-estrelas da orla. Rindo de si mesma, e buscando nele algum tipo de divertida aprovação, revelou também que, em uma das cenas, havia transado com um travesti. E deu a tecer comentários sobre as medidas avantajadas da boneca. Tiveram uma briga terrível naquele dia, sendo esse o último encontro. Passou duas semanas evitando o seu ponto na Pê-Jota e, no dia em que sucumbiu à saudade, foi informado por uma outra puta que Jenny não estava mais nas ruas, que se casara e estava vivendo com o marido em algum bairro do subúrbio, cujo nome seus neurônios fizeram questão de apagar.

Passou uns bons dois meses com cara de quem está engolindo a vida em seco. Ora ensimesmado na sua incapacidade de ter lutado mais por aquela garota, ora caindo em si e relembrando que, mais do que uma covardia sua, vinha dela a impossibilidade daquele caso, visto que jamais gostara dele da forma que desejaria. Naqueles dias solitários, desgostoso, deixava Jurandir cuspir suas histórias, sem interrompê-lo, somente para ter alguns minutos de divagação. Nessas horas, recordou muitas vezes a tal velha puta da Vila Mimosa. E se enchia em admiração quando remontava na cabeça aquela vida de entrega e fidelidade aos seus clientes. Aquele sim era um amor puro, inteiro.

Para Jenny, concluiu, e isso o ajudou a esquecê-la, ele fora sempre um otário que a ajudava a pagar contas em troca de alguns beijos longos entre suas pernas, a que ela reagia com a intensidade e o interesse de uma mulher que estende as mãos à manicure. Para ela tornara-se também um caixa dois, do qual ela sacou tudo que pôde, inclusive a rapa do que sobrara de sua fé nos sentimentos. Anos depois, navegando pela Internet em *sites* pornôs, numa noite em que estava sem paciência para dividir a cama com a esposa, deparou-se com trechos do filme de sacanagem em que Jenny aparecia trepando com o travesti de pau grande. Aturdido, encostou a porta da sala, apagou a luz e viu e reviu os trechos do vídeo, seis no total, remoendo aquela novelinha ridícula e particular. E foi justamente por aspirar a ser uma pessoa melhor, mais sincera consigo mesmo, que Diniz tomou uma atitude. Agindo inspirado muito mais pelo exemplo da coroa da Vila Mimosa do que pelo comportamento da namoradinha escrota da Prado Júnior, decidiu também fazer uma opção pela fidelidade.

E bateu uma punheta para Jenny.

Catering

Nunca sentia calor na boca. Não sabia bem o porquê, mas o fato era que nada que estivesse pelando, fervendo, a incomodava — não queimava língua, lateral ou céu da boca. Reconhecia a quentura, mas nenhuma a sobressaltava. Talvez isso tivesse algo a ver com as muitas sopas e canjas que substituíam refeições inteiras em sua infância humilde. Pensava sobre isso quando abaixou a mesinha a sua frente, dobrou e guardou a revista de muitas chamadas na capa multicolorida sobre celebridades, compra de saguão, e esticou as pernas por baixo da poltrona da frente e seus olhos até o início do corredor, perto da cabine, já monitorando o trajeto do casal de comissários. Como a aeronave estava a meia boca, a dupla chegou logo à altura da sua fileira, poltrona 10D, corredor. Os dois, uniformizados e vistosos, distribuíam refeições e sorrisos que pareciam embalados hermeticamente também. Mas, para aguçar ainda mais a sua ansiedade, eles iniciaram a abordagem interpelando o senhor grisalho, de meia-idade, que estava a sua esquerda, também na fila do centro. E veio a negativa, sempre surpreendente. Não, ele não queria o lanchinho.

Mas como assim? Priscila, mais uma vez, voltava a se assustar com aquele tipo de recusa. Todo voo ela embarca nessa, pois considera algo impensável um dia vir a não aceitar a comida que lhe é oferecida na ponte aérea. E a justificativa, reproduz consigo mesma, é óbvia. Ao entrar em qualquer avião, por mais que esse ato tenha se tornado algo rotineiro nos últimos meses, sofria sempre daqueles alguns segundos de pensamentos sombrios que antecedem as decolagens. São poucos os que não ruminam mentalmente essas besteiras quando se ouve o "*check* de portas" vindo do alto-falante, e se pressente a aceleração da aeronave na pista, deixando a segurança chumbo do asfalto. Se a probabilidade de morrer crescia matematicamente apenas pelo fato de estar ali, num bólido gigante arremessado entre nuvens, e a alguns mil muitos metros de altura, como não querer dar umas boas mastigadas naquela que, sabe-se lá, pode perfeitamente vir a ser a sua última refeição? Pouco importava que estivesse ganhando alguns quilinhos na silhueta ultimamente. Sanduíche de queijo *gruyère* e *pastrami*? Legumes com bifinho na chapa? Passa pra cá!

Com os pensamentos também em velocidade de cruzeiro, planou um sorriso sutil na rota calculada do seu batom alaranjado enquanto, com gestos em piloto automático, raspava apenas a superfície da caixinha de geleia usando a delicada faca plástica branca. Tentando estender ao máximo aqueles momentos, demorava a arrumar milimetricamente cada fina camada de framboesa sobre a torradinha quadrada. Um café puro, Coca Light e chá gelado, convocou. E já partia triunfante para exercitar a sua técnica apurada de erguer com a unha do dedo mínimo a tampa da quentinha de papel quando, susto, sentiu um indicador cutucando seu braço tatuado. Era ele, o tal senhor de mechas encanecidas:

— Você não devia comer isso, moça!

Quanta petulância!, pareceu resmungar, mas era apenas o murmúrio de sua boca interrompendo desejo e salivar, uníssonos. Não bastasse a galhardia de ter recusado aquele minibanquete de tempero lúgubre, o sujeito se arriscava agora a antecipar a própria morte, interrompendo seu ritual de gestos rápidos e repletos de significado — sim, pois, mesmo que sem rebuscar assim seus pensamentos, cada vez que erguia um talher ela sentia no estômago a emoção tão própria aos acenos de despedida para as delícias da vida. Hummmm!

— Desculpe, senhor... — gracejou, em tom mais interrogativo do que de interlúdio, exalando seu lado mais feminino e elegante, melhor fruto do seu exílio forçado em São Paulo. Gostava de perceber nela mesma esses novos traços de comportamento, mais polidos, respeitosos. O convívio com os milionários paulistanos legara-lhe isso. Aproveitou o silêncio parido do constrangimento para lembrar a primeira noite na cidade, que parecia ter sido ontem, quando ainda desconhecia as regras de convívio numa casa de saliências da alta-roda da pauliceia. O choque dela foi ainda maior no terceiro ou quarto fim de semana após a mudança, quando resolveu ir ao Rio dar um oi às poucas amigas e aos muitos clientes da rua Prado Júnior, seu antigo local de trabalho. Foi justo ao chegar lá, de retorno, que teve a exata dimensão da cratera entre os dois submundos. Naquela noite entendeu que não pertencia mais àquela balbúrdia, e nem tinha mais paciência para aquelas moças de vagina e caráter insalubres.

Podia permanecer nesses voos íntimos de lembranças, incentivada por seguidas garfadas nas pequenas e bem diagramadas porções do almoço, mas novamente o intrometido vizinho de fileira quis conversar.

— Comida de avião é algo muito pouco saudável, se a senhorita me permite alertar... Principalmente pela velocidade com que somos obrigados a ingerir esses alimentos condimentados.

Era só o que faltava. São muitos os tipos inoportunos com que já cruzara na ponte, transporte que ela utiliza, em média, duas vezes por mês, sempre para atender clientes antigos e alguns endinheirados cariocas que a selecionam no site paulistano de acesso pago para garotas de programa. É comum, por exemplo, esbarrar com aqueles sujeitos que, por algum motivo, que ela desconhece, percebem rapidamente algo de mundano na sua figura e partem para comportamentos ridículos, e este é, em geral, o papel preferido dos homens casados. É uma turma que já começa a perturbar na sala de espera do aeroporto, em Congonhas, sentando-se ao lado dela, sacando seus cartões de visita em papel reciclado e fazendo perguntas idiotas que, no fundo, não passam de introduções inoperantes.

Malandra, ela tenta ser o mais diplomática possível, ciente de que, muitas vezes, essas abordagens fortuitas podem resultar em gordas comissões de programas futuros. Afinal, nada é mais excitante para homens do que ficar próximo ao objeto de desejo e não realizá-lo. Mas, entre esses engraçadinhos afoitos, o tipo que ela mais odeia é o daqueles aventureiros que se aproximam apenas para suprir suas carências, mas que jamais terão a invejável audácia dos traidores. Os coroas que flertam mas nunca realizam. Ladram mas não mordem.

Há também outros tipos, como os tímidos, que passam horas apenas a filmá-la, com aquele olhar grande-angular, que blefa ter o universo em foco, mas em verdade busca captar corpo e sombra de seus movimentos, em especial aqueles sincopados pelas costas — rebolando, enfim. Sempre teve esse problema com os fartos quadris. Hoje, puta formada e pós-graduada em Sampa, carrega o transtorno de ser incompreendida em sua sensualidade latente. Muitos que a veem acham que aquele gingado hipnótico é safadeza pura, um estratagema para atirar migalhas aos pombos machos que a aspiram no ninho, mesmo que por uma noite e nada mais. Eles — e elas — não sabem, mas a família é testemunha de que, desde pequenina, 4, 5 anos, já caminhava assim, espalhando-se. Tanto que, entre tios e primos, chegou a ter apelidos como "pêndulo", "é o tchan", "cadeiruda"... Um vaivém das ancas que deixou de ser engraçadinho e alvo de galhofa quando o corpo ganhou contornos de mulher, o que aconteceu cedo, aos 12, seis meses depois de menstruar.

Só não seria capaz de relacionar um desses parentes como testemunha para um depoimento esclarecedor e definitivo que a inocentasse. Não falava com a família havia pelo menos quatro anos, desde que largou o emprego com carteira assinada naquele supermercado de Copacabana, sem forças para resistir aos sucessivos convites e incentivos do Mesquita — pernambucano que estagnara no cargo de subgerente na rede e que suplementava o salário com uma infinidade de bicos, entre eles o de cooptar as moças belas que apareciam nos caixas para trabalhar nos apartamentos-prostíbulos da Pê-Jota.

São maioria as prostitutas que escondem a vida de programas para todos os integrantes da sua família, dos maridos aos primos de terceiro grau. Mas com ela não foi assim. Demorou a decidir, mas quando o fez, convicta em seus motivos e princípios, reuniu a parentada e demais chegados num churrasco em Rio das Pedras, favela-cidade da Zona Oeste, e se abriu em sinceridade, demandando de todos compreensão. Nem uma única tira de carne ou uma latinha de Skol foi servida naquela tarde depois do seu antológico discurso, que interrompeu pagodes e *funks* nos alto-falantes para entrar na história da família e da favela. Uma trilha de horror e desapontamento.

O constrangimento foi mesmo geral, ainda mais depois que sua mãe, revoltada e resoluta como sempre, sacou da vassoura para expulsar os convidados, dando fim à comilança. O pai, sob eterna armadura submissa, quase idiota em sua fragilidade, se limitou a dar alguns passos displicentes e borrifar água sobre a churrasqueira — e eis que até esta cena soou como se fizesse coro com a decepção: *tsssssssssssiiii...!* No quintal, sob mangueiras, não houve quem conseguisse sentar à mesa pais e filha, para uma segunda e apaziguadora conversa. Nunca mais se falou nisso na família Perdigão, restando a ela reunir rapidamente algumas roupas e sair portão afora. Para seguir essa vida abandonada à própria sorte. Como pedaço de picanha tostado num canto da grelha sem cor.

— O senhor me perdoe, mas comida de avião, pra mim, é um ritual quase sagrado. Se me permite, gostaria de terminar minha refeição.

A frase, ao fim percebeu, soou como um exagero em polidez. Era mesmo comum que, em certos momentos, agisse com um toque gilberto-giliano — aquele naturalismo que, de tão construído, beira a farsa, embora não seja. A vida em São Paulo, tinha de reconhecer, a transformara radicalmente. Hoje, presença VIP em qualquer boate de putaria da metrópole paulistana, revive com certo desdém e humor aqueles dias na Pê-Jota, logo depois que uma briga com Zilda, sua primeira e única cafetina, no primeiro e único apartamento em que serviu, a levou a se arriscar nas calçadas. E não foi nada fácil conquistar seu espaço ali, entre tantas cobras venenosas a rastejar por sexo. Menos ainda, num segundo momento, alçar voo ao olimpo daquele quarteirão, a boate Antonella, mais chique reduto de profissionais e refúgio de gringos da região.

Tão logo se aclimatou às ruas, ouviu falar de outras casas de moças no Rio, uma delas em Ipanema, cuja fama levaria ao bar homens arfando por garotas que se apresentam como "universitárias" — aquelas filhas de classe média, as chamadas "bucetas de *flat*". A outra delas no Centro, funcionando com fuso horário diferente, em que o *prime time* não excede o início da novela das oito. A esta, de curiosa, programou muitas investidas, nunca efetivadas. Mas naqueles anos de Prado Júnior nada era mais sublime e almejado do que fazer parte do time de meninas da Antonella. Isso até conhecer os refinados clubes de São Paulo, claro.

E não pensem que, mesmo hoje, acostumada a novos padrões, ela diminui a importância da "Tonella", como a chamava. Nunca! Sabe que, na referência daquele universo de Copacabana, a casa transborda em pompa e luxo. E diria mais: mesmo movimentando menos dinheiro, ela sempre conclui, nenhuma concorrente a supera em charme e mistério. E foi ali, naquele pedaço de nada, nas calçadas da Prado Júnior, que teve de aprender os caminhos que a levariam lá para dentro. Sim, é preciso um passaporte para frequentar aquele salão de mesas, vidros, espelhos e queijos — os minipalcos para os *strip-teases* do time de meninas da casa. Ai da puta que ouse tentar adentrar o recinto sem esse álibi, pois parrudos e quase gordos seguranças engravatados terão o prazer de conduzi-la à banca de jornal, logo ao lado, ou mesmo a destinos que não vendem nem saem publicados nos jornais.

A primeira vez que conheceu o interior da boate foi usando de um recurso malandro e imbatível. Num programa que arrumou com um gringo endinheirado, terminou a transa em seu cinco-estrelas sugerindo a esticada até a boate, que ela descreveu a ele como a mais incrível e badalada de Copacabana — putas, como se sabe, são péssimas cicerones. Ao descer do táxi com essa pinta toda, poderosa, canadense a tiracolo, ergueu queixo, cílios, peito e bunda, ultrapassando, vitoriosa, a barreira até ali intransponível. Um dos "porteiros", mais jovem, e metido a engraçadinho, ainda teve a petulância de dar meio passo à frente e indagar algo em inglês ao seu homem, que ignorou aristocraticamente o incômodo sacando uma porção de dólares da calça jeans e, depois de minuciosa análise, entregando a nota de menor valor ao vassalo. *Insider*, enfim.

— Uma moça tão bonita e com hábitos tão perigosos... Se me permite, gostaria de me apresentar: Rafael, endocrinologista... Sou médico e especialista em alimentação. Peço desculpas pela minha intromissão, mas não consigo assistir a uma moça tão bela caindo em tentação por uma comida tão desprezível...

De que tipo seria esse doutor? Os olhos eram dos tímidos, dissimulados, focavam tudo, menos os dela. A verve, intrusa, sibilava envolvente, lembrando aqueles que calculam cada ditongo para conquistar dela um mísero fonema de amor. Pois todo homem sonha sugar da puta suas maiores e mais ruidosas interjeições. Falsas ou não. Aprumou-se na cadeira e, ainda mais garbosa, quase esnobe, como a situação exigia, encerrou:

— Gostaria de continuar minha refeição, senhor...

Afinal, com certeza, podia adivinhar, aquilo era apenas uma atrapalhada tentativa de aproximação. Concluiu que o coroa era, sim, da espécie dos franco-atiradores, que a reconheceu como puta, apesar do modelito Oscar Freire, e tentava algum tipo de brecha para ter certeza do serviço e fazer a encomenda. Mas aquilo, daquele jeito, com aquelas palavras, a incomodou, muito. Afinal, ele não tinha como saber, tocara num assunto sensível a ela: cardápio de avião, uma das novidades que conhecera nessa vida de idas e vindas entre Congonhas e o Santos Dumont. Pontes cada vez mais frequentes — apenas um reflexo, aprendera, do abismo econômico entre as duas cidades.

Nas muitas conversas passageiras que tivera com vizinhos de poltrona, pudera aprender que o Rio, "esvaziado economicamente", obrigava milhares de profissionais cariocas, de diversos segmentos de negócios, a se exilar ou passar boa parte de seus dias na capital paulistana, centro nervoso e financeiro do país. Entre as prostitutas, do que era prova inconteste, não tinha por que ser diferente. Como em qualquer outra profissão, aquelas que galgam novos patamares na carreira sobre lençóis se submetem também a esse destino inevitável, como abelha que voa para onde pode extrair mais mel, ou formiga em chão de cimento marchando para o jardim. Quer dizer, para os Jardins.

Acreditando ter contornado a incômoda situação a bordo, decolou a mão direita com o garfo devidamente tripulado em direção à pista segura que eram suas papilas gustativas, pronta para uma aterrissagem perfeita, longe da turbulência. Não tinha tempo nem saco para flertes com esse sujeito, mesmo porque a esperava no Rio um jovem industrial abastado, que, com sorte, a levaria para outras experiências gastronômicas — nem que fosse matar a saudade dos filés a *parmigiana* com purê, clássico das cozinhas de motel. E também não haveria de prolongar a degustação daquele encontro fortuito principalmente por ter sido o doutor tão inábil no approach, indelicado e infeliz. A garfada na cocada com calda quente — um item especial do cardápio da companhia aérea naquela semana, que homenageava as delícias da patisseria brasileira — desceu o trem de pouso sobre sua língua e, de tão quente, podia se ver uma fumaça que urgia. Nada de dor sentiu. Calor, como sempre, não era empecilho para seus prazeres da carne.

Mas o sinal de apertar o cinto, mais uma vez, foi acionado:

— As comidas acondicionadas dessa forma perdem muito de seu valor nutritivo...

Tentando ignorar a arremetida, buscou no teto algum botão que acendesse uma luz qualquer. O sorriso e a delicadeza de minutos atrás já cediam seu lugar marcado a outra passageira, a impaciência, esparramada na 10D. Uma comissária respondeu ao chamado e se aproximou, providenciando em instantes um lugar mais ao fundo da aeronave e trazendo, a seu pedido, nova refeição, pois aquela esfriara.

Resolvido o transtorno, nova rota, pôde espetar azeitonas sem caroço e voltar a pensar em seus dias de Antonella. Lembrar-se, por exemplo, de que naquela mesma noite, em que alcançou a glória da pista, teve a ousadia de, com a desculpa de ir ao banheiro, invadir os camarins das "dançarinas", e que foi assim que conheceu o Igor, o gerente que acabaria por conseguir para ela uma vaga no corpo de putas da casa. Veio então o ritual oficioso de batismo, quando teve de trepar com parte do estafe para estabelecer alguns privilégios, e foi quando falaram mais alto sua beleza e simpatia, sendo logo alçada ao time das principais *strippers* da boate.

Gostava e sentia falta da liberdade das ruas, mas na "Tonella" experimentou uma segurança que nunca conhecera. Em troca, exigiam dela e de todas as outras o cumprimento de regras simples, como chegar na hora, fazer os clientes gastar o máximo possível nas mesas e jamais, repita-se, jamais sair para encontrar um deles lá fora sem o conhecimento da gerência, que cobrava, claro, uma taxa por cada garota escolhida. Havia sempre, óbvio, os malandrinhos, que prometiam um ágio no preço, desde que as moças os encontrassem mais tarde lá fora, num arranjo informal. E assistiu a algumas expulsões provocadas por essa falta grave.

O avião pousou, e já descia a escada rolante do desembarque quando pensou que as boates refinadas de São Paulo tinham regras parecidas com a Antonella, mas bem menos informalidade. Além disso, claro, os homens de lá, comparou, gastam mais, e pechincham menos. E a fiscalização dos funcionários, por sua vez, é mais profissional, à prova de garçons coniventes. Na esteira dos pensamentos, ela ergue sua pequena mala de rodinhas e, como sempre, dois ou três homens desacompanhados que estão por perto ameaçam ajudá-la. Ela recusa, assumindo postura independente, e parte para a saída do terminal. No caminho, observa o tal endocrinologista no balcão do radiotáxi. Mas ele não esboça nenhum sinal de percebê-la no saguão; por algum motivo que desconhece, o desprezo do médico é como um licor mal escolhido ao fim da refeição. Estraga.

Teria ela feito mau e precipitado juízo do senhor? Putas, com o passar do tempo, vão ficando mais e mais incapazes de acreditar em galanteios e manifestações sinceras de carinho e amor. E ela não era diferente. Apesar da vida repleta de muitos homens — que já lhe garantira quitar a casa em Sepetiba e dar entrada numa segunda —, mantinha no quartinho dos fundos do seu coração o sonho de menina: conhecer alguém especial e se casar. Mas toda puta é vacinada contra qualquer tipo de intenção outra, que não a do sexo pago, sua vocação. É uma postura defensiva, resolução tomada geralmente logo após a primeira decepção.

A dela está hermeticamente embalada dentro de um baú, na despensa dos fundos de sua memória eletiva. Não lhe escapam os detalhes. Chamava-se Guilherme, isso, André Guilherme... Nome composto, prenúncio dos calhordas. Contratou-a não uma, mas várias vezes, sempre pagando certo, tratando-a com carinho e pompas, e minando o terreno com frases e gestos românticos, que pareciam sinceros. E veio a noite de sábado, dia nobre, em que aceitou ir para a casa dele, e ficara tácito que não seria mais um programa, que seria um encontro. Tão nervosa e aflita ficou que, aos movimentos sobre a cama, depois de taças de vinho e sombras de vela, interrompeu o pré-coito para se abrir, dividindo com ele seus medos, deixando claro que estar ali, para ela, era algo muito especial. Um ato de coragem.

A noite foi completa; e ele, amante e tanto, permanecendo envolto na imaginária capa de príncipe até o beijo da manhã seguinte, já na porta de seu prédio, isso depois de afagos e cuidados com ela de toda espécie. Mas vieram as horas, e ele não ligou. Nem no dia seguinte, nem na semana que veio, e outra mais... Fosse ela um flerte qualquer, dos que ele coleciona na Zona Sul, tudo bem. Teria de se cobrir de outro personagem, mostrando-se moderna e segura o suficiente para, como dizem as revistas, "não exagerar na cobrança de uma atitude menos previsível e individualista do ser homem". Mas como era puta, caralho, podia, sim, e o fez, chutar o pau da barraca — e o do babaca também. Quando reapareceu o indivíduo, bateu seguidas vezes o telefone na sua cara, até que ele entendesse o recado: entregara-se a ele num gesto de renúncia e fé. Traída em sua inocência, agarrou-se à dor e prescreveu a ele a pior penitência: a dos amantes que nunca mais vão se tocar.

Tais recordações, amargas, emprestaram um tempero triste ao trajeto entre o aeroporto e o motel — por isso tão muda no táxi que a esperava e conduziu. Pela cabeça de mulher passavam um Aterro de dúvidas e melancolia. No seu labirinto pessoal, do qual vive tentando sair, melhor seria que jamais acreditasse mais uma vez num cliente que se confessa apaixonado. A putaria a libertara da miséria mas cobrava juros e mora, condenando-a à solidão.

Lembrar de tudo aquilo tinha balançado sua tarde como uma aterrissagem malfeita. Derrapagem... Talvez devesse ter dado um voto de confiança ao coroa enxuto do avião, mais uma chance ao acaso de encontrar um amor... Agira por reflexo, não? A vida, ela já sabe muito bem, não é como um cardápio, em que nos decidimos por um prato e, se não gostamos do paladar, podemos voltar no dia seguinte e experimentar outro. Cada escolha que fazemos altera a receita do futuro, crê. Mastigava um chiclete nessa hora... Já sem sabor.

Minutos depois, já nua sobre a cama de colchão fino do motel, e tendo o espelho redondo do teto como testemunha, concentrou-se para fingir algum prazer, reafirmando consigo mesma o profissionalismo e a determinação com que encarava todos os seus encontros. No íntimo, recheio da alma, doía-lhe pensar que aquilo ali — e talvez toda a sua existência até então — era como comida descartável, cardápio de avião, oferecido a todos, bastando querer pegar. Depois desses anos de putaria, seu amor tornara-se de plástico. Oferecido em bandeja.

Mas quem se importa com isso, menina? Quem, além de você, é controlador de seu voo? O cliente endinheirado, a milhas de tudo isso, gritava alucinadamente no quarto. Ao se aproximar do gozo, ele sacou o pênis de dentro dela, outro bólido no ar, e buscou nos instrumentos de sentido que lhe restavam as coordenadas de sua boca.

— Toma, sua puta safada, a minha porra quente!

E ela nem aí.

Não sentia mesmo calor na boca

Foie gras

Foi mais ou menos assim como esquecer a fala em peça de teatro tendo a Bárbara Heliodora na primeira fila. Como entrar em igreja de véu e grinalda sem que o noivo aponte lá no altar. Como modelo internacional se aprumando sobre o salto agulha após o tropeço e o tombo na passarela do megadesfile de Paris. Foto de atacante flagrado "de quatro" na pequena área do time adversário, logo após furar a bola diante do gol vazio (sem goleiro!) em plena final de Copa do Mundo. Mais ou menos assim como perguntar à mulher ligeiramente gorda se ela está ligeiramente grávida. Como entrar em festa à fantasia de black-tie. Ou vice-versa.

Foi uma merda. Merda foi.

Solângela — isso mesmo, contração de prenomes, essa praga das periferias — entrou no restaurante, e, embora muito menos do que ela na hora supôs, a verdade é que muita gente olhou. As pessoas sempre olham quando alguém entra, oquei. As pessoas olham mesmo. Aliás, as pessoas vão a restaurantes para comer os outros com os olhos. Saborear as diferenças. Tudo isso a gente sabe, você sabe, ela sabe, mas aquelas pessoas naquela noite olharam mais, bem mais — prolongaram bastante o gesto hoje tão comum de escanear outro alguém. Aquelas pessoas bem-vestidas analisaram Solângela de ponta a ponta, olhares comentários, olhares conclusos, apupos de reprovação. Podia até ser apenas paranoia dela, como ele, o bofe, tentou cogitar com um sorriso e o sutil balançar da cabeça, mas era não. Tava todo mundo olhando mesmo, cacete! Tava todo mundo expelindo ela dali, fitando a pobre moça como se cada par de retinas dissesse, em coro de pupilas mais azuis que castanhas: "Você? Aqui????" Eram, de fato, olhares de "Como assim?". Olhares que destilavam curiosidade e desprezo. Olhares de soberba. Olhares de escarpim.

O bofe sacou — ela contaria depois, já deitada na sala mínima do conjugado, abraçada a Sueni, sua única amiga naquele mafuá de piranhas amontoadas. Aí, nessa hora, relatou à companheira da vida, ainda bem que ele teve atitude de homem: pegou no seu braço e, delicadamente, a conduziu à irrealidade — e, principalmente, a uma mesa meio no canto, meio de lado, meio no escuro. Uma mesa meio meio, sabe? E por isso, só por isso, por um momento, veio a sensação de que ele também, ao escolher esse vértice, esse refugo, estava buscando escondê-la daquela gente. Mas não. Seguiu-se um muxoxo do moço, muxoxo de reprovação a si mesmo. Talvez de reintenção, de recaminho. De *rewind*. E então uma nova, preciosa, providencial e precisa busca pelo seu pulso, e o *lento* ritual que a reconduziu a outro lugar, bem mais iluminado, bem mais ao centro, bem mais ali, no meio das atenções. Estreara.

Suspirou, pois era suspiro inevitável. Como arfar de nadador em borda de piscina ao dar a última virada nos

1.500 metros borboleta. Como homem impotente e devidamente medicado pela pílula azul esticando os minutos de perdura das poucas veias atentas de seu pênis preguiçoso, de sua mente sem solução. Como um suspiro de saudoso marxista na ponte pichada e mais iluminada da Praga agora capitalista. Como um fabricante de mimeógrafos desempregado pela falta de revoluções. Um buscar de forças. De referências. Um grito de *quase lá*.

E estava mesmo bem mais do que isso. Nada de *quase lá*. Estava de fato lá dentro, inteira nesse restaurante quase tudo, com pessoas quase outras, passando por entradas quase-ostras, a poucos minutos de saborear comidas quase perfeitas, com aquele vinho do qual bastaria quase um gole. E, aliás, por quase tudo isso, quase levantou e fugiu... Mas ficou. Sim, o *couvert* era apenas o medo e, sem alternativa no longo cardápio das loucuras, decidiu arriscar. Beliscar. Ou, melhor, se beliscar. Era real. Estava entre eles. Estava ali. Ela. A Solângela de São João de Meriti, moça cujas pernas reluziam todas as noites na pista da Pê-Jota, já famosa pelo jeito carinhoso e educado com que tratava os garçons da rua, musa número um dos meninos de rua, amiga dos camelôs, confidente dos malabaristas de esquina, cliente preferencial do cara da pipoca e também daquele outro, que oferecia churros à *gringaiada*.

Mas esse seu lado autêntico, de menina simples, tratou de desdobrar junto com o guardanapo bordado que, a exemplo do bofe, jogou sobre a saia azul-turquesa, cobrindo um pouco mais da perna morena e sem manchas, herança da bisavó, filha de índias do Maranhão. Optou por uma artificialidade convincente, um quase delicado gesto, ao balançar o queixo áspero ao primeiro sinal de escolha do companheiro. Sim, pode trazer o *couvert*, seus olhos anuíram.

"Tá tudo bem?", ele perguntou. E ela: "Claro, amor!", e esticou a mão até que suas unhas vermelhas com miúdas pedras brilhantes rasurassem a pele da mão do parceiro, deixando um rastro branco, que, ela sabia, o excitava.

Foi com esse mesmo ar de desconforto, esforçando-se por exalar naturalidade, que ergueu a mão direita, enrijecendo a faca — e aqui não teve dúvida sobre qual delas deveria içar, pois lera sobre isso numa revistinha barata, daquelas de um real. Apontou então o cintilante e afiado talher para o patê. Ah, relaxou, patê é coisa que conheço, coisa de rico e de pobre... Passou suavemente o patê sobre a torradinha, mas, ao primeiro toque na iguaria de sua língua esbranquiçada, foi reconduzida ao choque cultural, à lembrança de que estava sendo apresentada a outro mundo, a outros patês. E bocejou.

Sempre fazia isso para se defender, desde os tempos de pré-adolescente, quando abria a boca languidamente à primeira nota de uma sinfonia de esporros do pai. Dessa vez, porém, interrompeu o bocejo assim que, boca cheia, percebeu o primeiro farelo de pão voar como perdigoto em direção ao castiçal. Recompôs-se.

— É foie gras, querida. É como um patê, sim. Mas um patê de fígado de pato, ou de ganso... Gostou?

Falou nada. Preferiu estampar aquele sorriso torto, apenas rasgando os lábios, dos que fingem compreender, dos cínicos de verdade. Urgia uma passada mais lenta de faca na vizinha manteiga, e ela foi. Com vontade. Na manteiga amarela, gordurosa, aquela mesma, como sempre se acostumou a ver. Mas eis que, para sua surpresa, até a manteiga era mais gostosa nesse andar do planeta.

Interrompeu então mais um desses seus gestos bem pensados sobre a mesa irretocável e, simulando outro charme, não o seu, fingiu precisar de um tempo para degustar a manteiga. Estalou suavemente a língua contra o céu da boca e emendou um biquinho ridículo e uma interjeição daquelas de comercial de refrigerante: "Aaahhhh!!!!" Bobinha! Mal sabia ela que era apenas uma simples manteiga com sal — de alguma daquelas marcas que ela encontra em qualquer mercadinho de esquina.

Fosse como fosse, micos que viessem, levou o guardanapo até o batom cor e sabor de damasco, hora em que pôde observar os cristais cintilantes dos lustres do salão. Vieram então à cabeça os dias de Praça da Bandeira, os tempos no barraco da borda da avenida, das ruelas com água de esgoto estourado, dos ratos e baratas cumprimentando-se pelas paredes, da sopa rala com pouca carne-seca, da canja sem galinha, do caldo de batata-baroa batido no liquidificador da vizinha, de arroz mole com repolho e linguiça... Os dias de macarrão sem molho. Dias sem tempero.

Ali não. Ali tudo tinha sabor e sal — e coentro, manjericão, salsinha, cebola e sálvia... Salve a sálvia! Ela adorava cozinhar, mas se formara na universidade do hoje-não-tem, com pós-graduação em num-temo-nada e mestrado no faz-com-o-que-tiver-na-despensa. Apesar disso, sabia muito bem distinguir sabores e condimentos. E mais ainda os nomes dos muitos verdes democráticos da feira, pois folhas têm preço ao alcance de qualquer um. Pasto.

— Vamos tomar um vinho?

Vinho? Tomara alguns, quando menina, 12 ou 13, junto com a galera da rua. E eles vinham num garrafão largo, do mesmo tipo daqueles que, um dia, há muitos anos, na única viagem com a família, vira em São Lourenço, Minas Gerais, erguidos sobre ombros cafuzos, que iam e vinham entre suas casas e as fontes de água mineral. Sim, naquelas férias que o pai armou logo após ganhar a quina na mega-sena. Sim, o pai um dia foi vencedor. Ou quase. "Felicidade passou de raspão", ele repetia, rindo, alternando goles de cerveja e cachaça, e torrando os três mil e poucos reais que faturara. O povo da cidade mineira, com sabedoria, apenas carregava os tais garrafões de água, abundante na terra. A fartura é dádiva de cada um para si mesmo.

Solângela retornou o pensamento à mesa e, como quem responde de susto, ao despertar de um cochilo em cinema, disse que sim, tomaria vinho. Tinto. E emburacou uma nova investida da faca suja de manteiga no foie gras, só para confirmar: "Gosto estranho tem este negócio", falou para si. E dessa vez não estalou a língua. Nem fez comercial de refrigerante.

A conversa entre os dois era idiota. Ele, nitidamente, se esforçando para tornar a situação menos desconfortável. Mas sem conseguir grandes avanços. Mal tirava a faca do "patê de pato", Solângela voltava a perceber a lâmina afiada daquela gente ao seu redor. Reprovação? Racismo? Sabia lá. Mas alguma coisa de ruim ela antenava, e recebia... Absorvia.

Seu radar estava apitando para todos os lados quando se aproximou da mesa o garçom e, olha que engraçado, só agora ela reconheceu, não é que era o Aloísio, do Ladeirão?

— Ô Aloísio... — deixou escapar, num rompante verbal inesperado, tal qual reflexo muscular da perna que recebe aquela cutilada no joelho.

E ele nem aí. Vê se pode, fingiu que não ouviu... Que ridículo! Entendeu rapidamente que o negão não queria ser identificado. "Acho que a senhora está me confundindo, madame...", disse o pinguim, se afastando com andar de coelho. Bosta, pensou, tá parecendo até cena de novela das seis! Sim, aqueles encontros improváveis... Mas o incrível e bacana é que estava mesmo acontecendo. O garçom metido a besta do restaurante chique que o gostoso de meia-idade escolhera era o Aloísio, aquele abestalhado do Ladeirão, lá de São João de Meriti, onde ainda viviam seus pais, e onde conhecia todo mundo. Aquele mesmo que outro dia tava bêbado e chorando bem ali na calçada na frente da birosca do Reginaldo...

Mas quem no restaurante bacana ia querer saber disso? Quem? Ela sabia até bem mais sobre aquele desabafo público: ouvira das amigas que o motivo do choro "do crioulo" dava enredo de novela. Aloísio tinha sido chifrado pela namorada, aquela mulatinha gostosa filha do Amadeu e da dona Quininha, aquela mesma, a pirralha que fica atendendo de shortinho no açougue nas manhãs acaloradas de sábado. Adorava mesmo mostrar as carnes. Sempre foi safada aquela garota...

De novo despertou: porra, o que que você, Solângela, tá fazendo aqui, num restaurante deste quilate, com "patê de pato" à vontade na mesa, pensando nas corneadas que esse merda de garçom levou lá na área?, foi a frase que processou.

Impedida de trocar cumplicidades com o colega de bairro, botou a culpa desse desencontro naquele circo ali montado. Bateu nessa hora uma ira estranha, um ódio reprimido das massas, e, pê da vida, Solângela resolveu incorporar a dondoca, esnobar. E, para isso, aprendera numa novela do Manoel Carlos, tinha de agredir a audiência, ser má, imprestável, e de saída logo com o primeiro que estivesse à sua frente. Não por acaso, o Aloísio:

— Rapaz, pode trazer logo o vinho tinto, que está demorando demais? Ah, e mais um pouco disso aqui... — reclamou, apontando o indicador num trejeito esnobe e fazendo pequenos círculos com o dedo sobre o minúsculo recipiente de louça portuguesa.

O foie gras tinha acabado. E o coroa de meia-idade — nada acabado, aliás, pois é hora de registrar o que você diria depois às amigas: que o tal sujeito é "sacanagem", pois o cara tinha mais que 45 e estava *uma coisa*, bem conservado, gostoso, será que o pau sobe? — entrou em ação. Com elegância ímpar, chamou o garçom ao lado da mesa, cochichando alguma coisa inaudível. Sim, claro, ele escolhera o vinho, obrigação masculina. E ela gostou desse tomar de rédeas — cavalheiro e cavaleiro! Tanto que em seguida relaxou completamente. Assentou na cadeira. Encostou em si. E arrumou o cabelo. Não sem antes engolir mais uma torrada com manteiga. Mas quando vem o foie gras? Porra!, disparou em pensamento, procurando, com os olhos, Aloísio no salão.

O coroa boa-pinta, a essa altura, já emendava histórias sem parar, contava bastante coisa, talvez para apaziguar qualquer dificuldade de convívio com a moça. Desde mocinha aprendera que homens são assim, adoram falar de si próprios. Poucos são aqueles que perguntam, se interessam pela sua vida. Mas isso fora deste jeito apenas até se tornar puta. Depois, engraçado, volta e meia aparecia um cliente que a metralhava de questionamentos, queria saber isso e aquilo... Tem cara que sai com puta só para entender o porquê, como se isso existisse, uma verdade só. Trabalhando na Prado Júnior há 3 anos, conhecera de tudo: puta que perdeu os pais e foi para a guerra, mulher que largou o marido e deixou filho com a mãe, outras que saem toda segunda-feira de casa dizendo que estão trabalhando em casa de família... E também aquelas que começam de curiosas e continuam nessa porque gostam mesmo, gostam de dar, de conhecer homens diferentes.

O coroa seguia falando, e ela ouvindo tudo, mas ao mesmo tempo dividindo sua atenção dispersa com os vestidos que via colorindo as mesas vizinhas. Bem mais alto que a voz grossa do coroa era o zumbido dos marmanjos falando no salão. Eram tantos seres estranhos por ali, tantas pessoas que, até então, nunca tinham cruzado com sua mísera existência, pensou.

Em especial lhe chamou a atenção aquela senhora gorda, com vestido hiperflorido, multicolorido em tons de abóbora e verde, e nitidamente com gestos de quem pagaria a conta da mesa enorme: filhas, muitas filhas, genros, muitos genros, netos, muitos netos, e agregados... Típica mulher gorda e rica que, já sem os subterfúgios da vaidade pessoal, apela para o último dos recursos de charme de uma obesa senhora: a bengala. Ela tinha, sim, uma bengala, arrojada, delicadamente encostada próximo à mesa imensa, numa cadeira sem bunda nem dono. *Persona* ímpar, arrogante, de lugar cativo, a bengala. Solângela viajou além, fitando a coroa matrona e tentando escaneá-la também. Percebeu logo ser ela uma velha daquelas que, a qualquer momento em que as fitemos, têm a boca em repouso convexo — cantos dos lábios guinando para baixo. Em eterna cara de mau humor. Como bruxas...

Foi quando veio o garçom, o Aloísio, e deu tempo de ela pensar: até que ele era um cumim de feições interessantes, pronto para encarnar um escravo-galã no próximo *remake* de *Escrava Isaura.* Aloísio chegou e, para surpresa de Solângela, não trazia uma garrafa de vinho daquelas italianas, caríssimas, rótulos clássicos, mas sim uma jarra aparentemente simples, que lembrava mais aquelas tardes de Ki-Suco que tantas vezes organizara com os irmãos mais jovens e a molecada da rua em São João. Maneiro... Resolveu falar:

— Ai, Ronaldo, eu adorei que você escolheu uma coisa simples pra gente beber junto... Eu adoro sangria, sabia?

E veio a resposta encorpada:

— Não é sangria, amor — disse, constrangido. — Eu escolhi um vinho especial pra gente hoje. Um vinho de safra tão rara e antiga que não pode ser servido na garrafa, entende? Pela ação do tempo, a rolha da garrafa já está se deteriorando... Por isso, eles abrem o vinho e despejam por uma peneira para a jarra...

(...) Ai... E ele, continuando:

— Para tirar as impurezas... Os pedaços da rolha... E só então eles servem o vinho. Na jarra, assim, ó... Saboreie, meu amor... É algo muito raro e especial...

Falar o quê, numa hora dessas? Se não bastasse a situação ridícula em que se encontrava, para piorar, o Aloísio estava bem ali. Prostrado ao lado da mesa, olhar perdido, ouvido certeiro, semblante sério, mas com um sorriso de deboche camuflado por trás do uniforme, pronto para explodir na coxia, quando chegasse à cozinha. Caceta, pensou. Ia virar alvo de chacota lá na rua. Até a putinha das carnes de fora no açougue ia saber... Por isso mesmo tinha de reagir. E rápido.

— Amor...

Mas veio nada na cabeça. Só obviedades.

— Preciso ir ao banheiro...

Devia ter feito isso bem antes. Era bom e a fortalecia ficar só, diante do espelho, e diante de seus medos, sua fraqueza, seu visual, que, podia jurar, gritava ao mundo inteiro seu passado. Achava que seu rosto urrava a todos os próprios preconceitos. Com certeza todo mundo ali sabia, de alguma forma, que ela era puta. Ou fora. Tanto faz. Há mulheres assim, que nascem ricas em curvas, exalando cheiros, olhares de liquidação. Mulheres que nascem com a vocação da putaria estampada na testa. Nas duas testas. Ela, por exemplo, era assim. E tinha consciência disso.

Tinha se esforçado, e muito, para disfarçar. Vestiu o vestido de grife foda, que o Ronaldo lhe dera, o sapato também, outro presente do Ronaldo, e até joia... Mas, mesmo assim, podia jurar, tinha cara de puta, de vagabunda, de mulher da noite... Mas o Ronaldo gostava, e aí?

Aproximou o rosto razoavelmente maquiado do enorme espelho do banheiro e tentou identificar traços, cores, contornos e detalhes que delatavam suas verdades mais sujas... Seria a sobrancelha grossa, o damasco do batom? Olhou mais. E de lado. Seria a bunda avantajada? A coxa de celulites escondidas sob a barra do vestido? A marca da calcinha mínima sob o tecido fino? O salto exageradamente alto? A unha vermelha? Não, a unha vermelha não! Hoje qualquer mulher usa unha vermelha. Tornou-se lugar-comum esse toque profano nas mãos femininas. Toda mulher gosta de se sentir um pouco puta mesmo...

Pensou isso e riu gostoso. E adorou ver seus dentes muito brancos no espelho. O mesmo branco de quando tinha 11, 12 anos. A vida ainda não lhe confiscara a alma nem os dentes brancos. Mas lhe presenteara com celulites indesejáveis. "Celulites muito bem distribuídas...", era a expressão de um cliente, que a aclamava a cada programa... Era um coroa também, mais velho que o Ronaldo, quase 60, e que, meses atrás, sempre comparecia. Pelo menos uma vez por semana. E foi justo naquela fase em que estava engordando. Jantando cheeseburger, ou filé com queijo e patê do Cervantes. Patê? No bar Cervantes, esquina da Prado Júnior com a Barata Ribeiro, o patê é patê de verdade. Com gosto de patê, atestou.

Voltou apressada para a mesa justo quando chegava a nova fornada de foie gras. Ela lembrou novamente do patê do sanduíche da Prado Júnior olhando para o Aloísio. E ele ali, impassível, continuando a fingir ser outra pessoa... Que babaca! O coroa se levantou e pediu licença para ir ao banheiro também... Ficaram os dois. Solângela e Aloísio. Ele, com o peso do sorriso cretino quase desabotoando o rosto, se curvou para servir mais vinho nas taças de cristal. Ela não se conteve:

— Porra, malandro. Tu não vai falar comigo não?

— Desculpe, senhora...

— "Desculpe, senhora" é o caralho! Vai se catar, Aloísio. Sou eu, a Sol... Lá do Ladeirão...

— Perdão, senhora. Estão me chamando na cozinha...

Ai, que descarado. Então tá, né? Não ia ficar insistindo com esse otário chorão. Melhor se concentrar nas novas amizades, no novo mundo. As amizades plantadas por simples olhares. Em menos de uma hora, já ficara íntima de vários ali. Afinal, escanear outrem é função democrática. Qualquer ser desses tempos de intromissão pode dar uma boa sacada em alguém e fazer aquela análise rasteira dos que comparam tênis com calçados. Dos que veem caráter em estampa de camisa. Dos que concluem qualidade ao ler a marca de um jeans. Sim, iria à forra.

Percorria já a quarta mesa, lascivamente, doce veneno escorrendo pelo canto da boca marrom-damasco, quando voltou Ronaldo, o bofe — curiosamente soltando os bofes pela boca.

— Amor, temos de ir embora... Acabei de sair na porrada com aquele garçom...

"Porrada", nunca pensara ouvir esta palavra na fala desse playboy. Garçom, que garçom? O Aloísio?

É, tinha sido ele mesmo. O negão... Ronaldo mal deu tempo a Solângela para retirar o guardanapo de cima das pernas e dar uma última facada no patê de ganso, tão rápido foi puxando-a para fora do restaurante. No caminho, ele ainda parou diante do gerente e soltou alguns desaforos, prometendo ir à delegacia e aos jornais. Sua boca, a essa altura, lembrava a de uma puta, tal era o sangue bordô que escorria pelos lábios. Pelo visto, levara um soco, e dos bons. Mas do Aloísio, como assim?

Como se negou a acompanhá-lo à delegacia, por motivos óbvios, Solângela aproveitou a carona até em casa para tentar extrair do Ronaldo o que acontecera no banheiro. Mas ele não sabia explicar. O tal garçom, repetia, apenas tinha entrado no banheiro e partido pra cima dele, enlouquecido.

No dia seguinte, um sábado, Solângela resolveu não trabalhar. Foi visitar os pais em São João de Meriti e, lá, pelos amigos em comum, soube que tudo fora cena de ciúmes do negão. Que Aloísio, naquele dia, na calçada diante da birosca do Reginaldo, estava chorando, sim, mas não era pela pirralha carnuda do açougue. Era, sim, de amor por ela, Solângela...

Comovida, desprevenida, Solângela chegou a imaginar que aquilo parecia um belo início de uma história de amor. Largaria a vida em Copacabana, voltaria para o bairro natal, alugaria uma casinha e teria muitos filhos com o negão boa-pinta. Na verdade, ela até fez algumas tentativas, deu uns beijos nele no cinema, treparam três ou quatro noites em fins de semana de folga — o que deixou Aloísio ainda mais apaixonado.

Mas, por fim, Solângela acabou desfazendo tudo e retomando sua vidinha de puta feliz. Descobriu nesse dia a resposta mais sincera que teria para aqueles clientes mais curiosos, ansiosos por porquês. Definitivamente, ela era daquele tipo de puta que faz programa porque gosta mesmo! Porque adora conhecer mais e mais homens de diferentes tipos.

E patês também.

Colegas

Era sua colega.

Amiga não. Colega.

Todo dia, como um relógio de ponto, trocavam um aceno por volta das 22h. Ela sempre sentada na traseira do carro mais confortável que encontrava estacionado naquele trecho da rua, quase esquina com Ministro Viveiros de Castro — seu lugar. A colega ficava mais à esquerda, meiuca da pista, e como ponto cativo usava sempre o capô de um Santana que jamais saía da vaga — e tinha pneus tão murchos quanto as saudações que ensaiava de longe. Os sorrisos dela eram assim: muito amarelos, como o Santana, e aceleradamente desconfiados. Sorrisos de retrovisor. Afinal, não eram amigas. Eram colegas. E isso fazia a diferença.

Sempre chamou de "colega" as meninas da rua que não sabiam nenhum de seus segredos de moça, assim como as que não a acompanhavam ao banheiro de bar... Era assim em Irajá, é assim aqui, para onde vem todo fim de semana, com exceção de dois ao ano, no aniversário do pai e no da mãe, taurinos de maio. Mas é bom entender que fim de semana de puta tem quatro dias: quarta, quinta, sexta e sábado — as feiras que valem a pena. Se bem que ela muitas vezes esticava no domingo, porque ficar no apartamento cercada por mulheres e assistindo ao *Fantástico* ninguém merece!

Toda santa noite de trabalho ela estava lá. Não fosse o orgulho, confessaria a alguém, a uma amiga, que passou a reparar na moça do Santana por causa de seus atributos físicos. Era gostosa a colega. Tesão de mulher. No rosto, uma covinha delicada e sutil, como a competição velada que entre as duas o tempo estabeleceu. A cada início de jornada, uma sacava a outra, observando a roupa, o comprimento da saia, o decote, o bronzeado da pele, a maquiagem, as bijuterias, a quantidade de corpo exposta... E não foram poucas as vezes que Graziella, a da esquina, se flagrou numa loja comprando roupas novas que, no fundo, eram adquiridas para ela, a rival da meiuca. Cumpria assim o ritual da disputa feminina que vemos em qualquer repartição pública ou escritório: vestia-se de forma cada vez mais provocante pensando não em clientes. Quando se arrumava diante do espelho, o que vinha à cabeça era o desejo de impressionar a colega.

Além dos acenos diplomáticos, proferidos com carinha de nojo, as duas só chegavam a trocar algumas palavras quando um carro estacionava entre elas, posição em que tinham de se aproximar e negociar ombro a ombro. Nessas horas, ambas agiam como profissionais. Como surfistas que descem a mesma onda e sabem quem tem a preferência e quando não devem "rabear", isto é, tomar a frente da onda, roubar o cliente da colega. Mas era sempre pouca ou nenhuma conversa. As duas chegavam quase juntas, sorriam e falavam alguma coisa, sentiam o grau de intenção do cliente e, se nada feito, voltavam logo a seus lugares, cada uma para seu lado, sempre cercadas por um séquito de beleza menor, putinhas que as paparicavam e idolatravam. Cada uma tinha seu capô de carro onde reinar, e mantinha sobre esse trono de lataria a soberba elegante das rainhas — mesmo que das enferrujadas madrugadas na Prado Júnior.

Na rotina da rua, embora afastadas por alguns metros, já tinham vivido juntas muitas histórias. Como no dia em que um rapaz desavisado e alcoolizado atropelou a Sislene, baixinha raquítica que sempre espichava seus dois cambitos sobre outros veículos ali estacionados, mas que nessa noite cismara de andar rebolando pela borda da pista. Foi um deus nos acuda na Pê-Jota! Todo mundo tinha simpatia pela Sislene — até porque, quase anoréxica, de cabelo sarará pintado de roxo e *piercings* pra todo lado, não representava concorrência pra ninguém. Era apenas uma drogadinha a Sislene, coitada. Na luta, ficava por ali se revezando entre o papel de aviãozinho pros carrões bacanas e o de contrapeso em negociações que envolviam mais de uma menina, e pó, muito pó. Ela ia junto, no pacote. "*Plus* a mais", gabava-se, entre caninos e molares encardidos e acavalados.

Mas, como quase todo mundo gostava da Sislene — principalmente porque ela era engraçada e, vez ou outra, aparecia na pista doidinha e falando besteiras —, na noite do acidente foi aquele corre-corre pra cima do carro do playboy. Eram dois e, mais engraçado, do tipo pit-bullzinhos. Coitados, desceram pagando geral pra mulherada da rua, mas não esperavam pelo pior: Andréa Vancaster e Sílvia Hillmann — na carteira, André Santos Castro e Sílvio Antônio da Silva Júnior —, duas travecas enormes que andavam circulando pela área, tomaram a frente da conversa. E pra encarar aqueles mulherões de pau entre as pernas tinha de ser muito macho! Além de fortes e agitados, esses tipos costumam ter mais de uma arma junto ao corpo. Diferentes calibres. Os dois garotões eram bombados, mas perceberam a bitola da encrenca, julgando então que o melhor seria fugir, não sem antes levar alguns bons chutes na lataria do carro. E salto plataforma de boneca, meu chapa, amassa bonito...

Teve também aquele dia em que uma limusine cruzou a Pê-Jota, criando um *frisson* sem precedentes na mulherada. Foi mesmo cena de cinema: aquele carrão preto, nos trinques da cera e da flanela, vidros empestados de insulfilme, zero de ruído de motor, deslizando sobre o asfalto da rua num plano de câmera lenta, como pluma, em leveza e mistério. De súbito, um mínimo diminuir de marcha e o vidro traseiro esquerdo iniciando descida suave. Nesse momento, Graziella, de cima do capô, esticou o pescoço, para observar arrabalde. E pôde ver o tamanho da expectativa de todas ali, espreitando-se entre carros, uma buscando posicionar-se mais à frente do que as outras. Cada uma imaginando, a sua maneira, quem e quantos seriam os endinheirados que surgiriam de dentro do veículo, capazes de resolver, numa só saída, dois meses de água, luz e telefone celular.

Um silêncio curioso, em meio ao barulho ensurdecedor e orgânico do bairro, podia ser ouvido da praia. Os outros carros que abordavam a lateral da pista, por sua vez, amargavam a carência dos ignorados. Até os moleques de rua, que transitavam pela área, e os pedestres pararam à espera do que viria àquela janela entreaberta.

O vidro abaixou ainda mais, e então o que se viu foi de fazer todos rirem de cair no asfalto. Lá de dentro, primeiro saiu uma mãozinha franzina, amarela de tão branca, e logo em seguida emergiu aquele rostinho engraçado, sorriso trepado entre sardas. Era Sislene, ela mesma, a maluquete, que se enturmara com uns árabes loucos e pedira a eles que passassem pela rua, para que pudesse dar um tchauzinho pras amigas. Tirar uma onda, em última análise.

— Eiiiiiiiiii! Meninasssss! Olha eu aqui!!!!! — gritou aquela minhoca de gente, histriônica.

As noites eram realmente divertidas, vistas daqueles capôs de carros, mesmo o tempo aumentando as paranoias e desavenças entre as deusas do quarteirão. Entre Graziella e a colega, a competição se acirrava e começava a dar sinais de doença transmissível — por mais que esta fosse uma expressão de mau gosto e evitada nas muitas rodinhas que se formavam em suas órbitas. Se uma das duas aparecia vestindo alguma roupa nova, a resposta da outra era imediata, na jornada seguinte. Se uma voltava de algum programa falando bem do cliente ou se vangloriando do valor recebido, a outra retrucava também um tom acima da algazarra local, para que todas ouvissem e soubessem.

Viviam assim, às turras dissimuladas, que logo se propagaram para seus *entourages*. A rua, assim, se dividira em duas: as que gostavam mais de Graziella; e as que preferiam "a colega". Ninguém da turma da esquina ousava mesmo pronunciar o nome da moça. "Loura Falsa", "Perna Torta", "Coisa Ruim". Qualquer demérito valia como alcunha. "A *perrrrva*", dizia aquela mineirinha meio rechonchuda que se agrupara ao time das que achava serem as mais maneiras, as gente fina.

Com o passar do tempo e mais e mais futricas de beira de rua, o que era apenas mal-entendido e falta de compatibilidade tornou-se rivalidade hostil. As poucas meninas dos dois grupos que ainda mantinham algum tipo de cordialidade com as da banda oposta tinham de esconder qualquer manifestação amigável se postas frente a frente com as declaradas inimigas — um oi inocente que fosse. Era tamanho o mal-estar na rua que, pelo andar da vadiagem, não demoraria a ser traçada uma fronteira imaginária entre as duas matilhas. Ou um marco real mesmo. Um buciro roto, aliás, já andava sendo escalado para isso.

O máximo a que se permitiam as garotas era aceitar alguns programas misturadas — pois a necessidade, então, gritava mais alto. E acontecia mesmo. O cara encostava o carro e apontava duas ou três quengas, e calhava de serem duas de uma turma e a terceira da outra, por exemplo. Aceitavam, sim, mas, ao chegarem ao destino da sacanagem, mal se olhavam, mesmo que obrigadas, por dever do ofício, a se chuparem. Tais quais inimigos em cessar-fogo conveniente a ambos os lados da guerra. Um Tratado de Genebra no cisma da putaria.

Até que, numa noite, aconteceu o inevitável. Um carrão importado, com dois sujeitos de meia-idade, aparentemente italianos, abordou as moças por longos minutos. Os cinquentões, bem-apessoados, sacaram de alguns dólares, distribuídos sem cerimônia em troca de reboladas e peitinhos desnudos, antes de, ordem fatal, convocarem suas preferidas: Graziella e a "colega". Como no dia da limusine, a Pê-Jota parou para assistir àquela cena insólita: as duas arqui-inimigas embarcando no mesmo programa. Cada uma, obviamente, entrando por um lado do veículo. E, dessa noitada, duas foram as versões que advieram.

A turma de Graziella conta por aí que, já no caminho, a colega foi devidamente posta em seu lugar, inferior. "A 'Ziela' fala *ingrês*, sabia?", costumava dizer, pela rua, no salão e na vendinha, a Adalgisa, doméstica que trabalha em casa de família ali mesmo, num dos prédios da rua, e que, por mais que se misture e converse com as meninas, adia eternamente o sonho de se jogar de peito, vulva e bunda na vagabundagem. Como queria ter coragem de ser puta a Adalgisa! O babado, propagava o time de Graziella, foi mais ou menos assim: os gringos começaram a conversar em inglês no banco da frente, achando que não estavam sendo compreendidos. Mas o pior é que estavam. Interpelados por Graziella, teriam demonstrado seu espanto com a facilidade da puta com línguas estrangeiras. Sim, Graziella se virava bem em inglês, espanhol e italiano — os idiomas que interessam no *bas-fond*.

E, além de tudo, a moça tinha bom humor. Num inglês bem razoável, disse aos gringos que falava todas as línguas, menos grego. Diante da espantosa constatação, os dois americanos (que de italianos, aliás, só tinham a ascendência) não esconderam a estupefação: "Do you speak every language but greek?!" E Graziella anuiu com a cabeça, e um sonoro e longo "Yéésssss" — com direito a acento agudo e tudo. Incrédulo, um deles provocou, e aqui vale relatar o diálogo, já traduzido pelas ruas:

— Você fala japonês?

A que Graziella respondeu, emendando a sua melhor piada:

— Japonês pra mim é grego!

Pronto. Conquistada a primeira gargalhada dos gringos, a noite estava feita. A partir daquele instante, eles passaram a só dar atenção a ela, com mimos do tipo presentes caros e doses generosas de uísque. E sempre tratando a outra apenas como coadjuvante — inclusive na cama. Teriam ordenado até que, a certa altura, ela chupasse a Graziella freneticamente, mas a isso a colega se recusou.

Na outra ponta da corda a história sempre foi e será contada bem diferente. Diziam as más e bem rodadas línguas daquela turma que a *performance* de Graziella na fatídica noite havia sido um desastre — de causar constrangimento à história da mais antiga das profissões, digna de nota de repúdio à Associação das Prostitutas do Rio de Janeiro. E a vagabunda teria começado a dar defeito assim que entrou no carro. Afinal, puta escolada sabe que, se os clientes estão conversando entre si, não deve sair entrando na conversa deles, certo? E não é que a desavergonhada da Graziella cismou de querer se meter no papo dos dois italianos — sim, o que até hoje rola naquele trecho da rua é que os dois eram moradores de Nova York, mas que, na verdade, eram italianos, de Milão!

À primeira manifestação da intrometida, os dois não hesitaram, voltando-se agressivamente para ela e pedindo o silêncio protocolar e a obediência que o serviço exigia e recomendava. Para piorar a situação, Graziella teria contado uma piada de péssimo gosto, o que acabou por gerar um constrangimento definitivo. Por pouco, mas muito pouco mesmo, dizem, eles não deram meia-volta e deixaram a bruxa de novo na Pê-Jota. E bota muito pouco nisso...

Ao chegarem ao apartamento, um dos italianos foi logo dizendo que queria possuir não ela, mas a colega. O problema é que o outro gringo também estava com a mesma vontade, a mesma decisão. Resultado: Graziella teve de ficar esperando na sala enquanto os dois se lambuzavam na preferida. No fim, já passadas umas três horas, num gesto de pura misericórdia, um dos gringos se predispôs a dar uma chupada na pobre Graziella, que jazia na sala inferindo gozos alucinantes, ouvidos os gritos que a alcançavam do além-porta.

Ao contrário das protagonistas, essas duas versões conviveram juntas — e próximas — por muito tempo. Ambas se perpetuaram naquela calçada, ganhando novos, ricos e sórdidos detalhes a cada ano que se afastava mais e mais o tempo em que Graziella e sua colega faziam ponto e se digladiavam ali — até se perderem como folclore, história popular.

Eu, que ainda hoje varro essas ruas todas as manhãs, e sempre bem cedo — hora em que cruzo com as meninas da noite, sempre carentes por retoques na maquiagem e no penteado —, já propaguei esta lenda urbana muitas vezes para as novatas do quarteirão. Aquelas poucas que se permitem ter uma conversa com um gari ex-advogado. E sempre relato o ocorrido fazendo este charminho especial: omitir o nome da "colega". Que obviamente mantenho em sigilo até o fim, e que só revelo desde que eu alcance meus objetivos mais sinceros e abjetos.

Já comi muita putinha com esta conversa mole, sabia?

Redação escolar (a primeira vez)

Os peitinhos pontiagudos clamam atenção sob a camiseta vermelha. Shortinho florido e coxas grossas. Quase roxas — junto à costura que a aperta, "quase nossas", ele pensou. E o peito! Que peito! E o degrau da calçada, que parecia precipício. Como se fosse alto. Como se fosse um salto chegar até elas. Bom estar ali na avenida dos prazeres. Por mais que se sentisse como um pato. Era fato. Ou brincadeira? Podia pedir "autos"? Sumir?

Dentro do carro, um barulho ensurdecedor, de testosterona borbulhando, evaporando, se confundia com a música alta. Bem mais ritmo que melodia; menos versos; mais batidão... Estavam em seis, quatro atrás, e isso fazia do carro um enlatado de punheteiros — mais um pouco, fariam esgrima com seus pênis de pós-adolescentes, paus de meio-dia. E alguém, de repente, deu um escarro (talvez como reflexo do grude, numa tentativa inconsciente de se autoafirmar macho). Por sorte não pegou em nenhuma das moças na calçada. Até porque foi nessa hora que o carro brecou, e você se deu conta de que o plano não era apenas cruzar a pista e seguir pra casa. Tava na cara que seus amigos queriam dar uma esticadinha com as meninas.

Mal deu tempo de você pensar que se metera numa merda. Merda!!! COM CAIXA ALTA E ECO DAS EXCLAMAÇÕES. Merdaaaaaaaaaaaaaaa... Com 15 "as", quantificou. A gente sabe muito bem quando o demônio se pronuncia. Risadas silenciosas preenchem os nossos ouvidos. É o vácuo da lógica. É a razão que se esvai. Sim, você se sentia assim, num buraco.

Daí a calçada-desfiladeiro, que parecia mais longe do que de fato estava do estribo do carro. Os defeitos. E os espaços mais e mais estreitos. A dificultar qualquer dos seus gestos, que, a essa altura, você já preferia brecar na intenção. Você, virgem, em posição de pré-vertigem. E pré-prestes a perder pontos na sua íntima caderneta católica. Um placarzinho pessoal de um jogo secreto que você travava com Deus. Ou com alguma coisa que se aproximasse disso, uma "força cósmica", sabia lá... Seja o que fosse, gostava de conversar com ele. Ou ela.

Pensou que, ao descer do carro, talvez fosse mais fácil e preferisse se atirar de uma ribanceira de verdade, aonde ia sim acelerar na dúvida, num arroubo suicida. Veio também de repente aquele impulso de moço certinho, responsável, nada estudado, puro condicionamento — sintomas do catecismo. E reclamou. Rebelou-se, tentando desmobilizar a tropa.

Aí, galera, vamo nessa... Já valeu por hoje... Deve ter sido algo assim, ridículo. Não se lembra. Por trás de sua voz fraca, anos e anos construindo a certeza de que não recebeu o dom da liderança. Seja isso obra de Deus, da tal força cósmica, dos cromossomos ou da sua covardia mesmo. Nunca ganhou eleição para representante de turma — sendo sincero, nunca nem se candidatou —, nunca bateu par ou ímpar em pelada, nunca escolheu para os amigos o que fazer... Com esse currículo de ovelha, é claro que, ao conclamar a debandada, seu toque de recolher soou falso, impotente. Ajudado pelo silêncio, ao menos dessa vez foi ouvido. E descobriu isso em seguida, quando todos o fitaram com olhar de desprezo, olhar quase vaia, olhar-grunhido. Olhar que diz: Num fode, moleque! Vem, salta logo! Por um microinstante, ainda procurou abrigo na janela oposta do carro, dando as costas ao perigo. E, de leve, no vidro, quase sem forma, avistou os explícitos contornos da sua intimidação. Ai, não!

Era noite de sexta, todo mundo ali achava que o mundo era isso mesmo, um risco de fósforo e emoção. Combustão. Um ingrediente não perdera o bonde: álcool. Mesmo já atravessando a orla de Copa, última estação depois de tantas paradas, um saco plástico branco, daqueles de supermercado, aquecia oito ou dez latinhas de cerveja no carro, caprichosamente recostadas no chão. Remedando o professor de português, poderia afirmar: deparassem com uma *blitz* e... Babau. Embora tivessem, todos, numa espécie de consciente coletivo, um álibi tácito. O maravilhoso conforto de saber que o pai do Presunto era juiz. E isso bastava. Grande Presunto!

Afinal — sua cabeça girava, e só de raspão conseguia pensar —, quantas noites haviam passado com reportagens na TV sobre políticos e empresários brasileiros corruptos e impunes? Pensou assim, fatalístico, como se a desordem ética acobertasse sua culpa de menino criado em família superprotetora e hiperreligiosa. Largados ali, trêbados, abordando vadias de rua, eram apenas mais uns dos tantos baderneiros do país. Lambaris num mar de peixões sem escrúpulos. Peixões do lucro. Os estrumes sociais. Sob tapumes da lei e da contravenção. Sim, talvez não houvesse mesmo mal nenhum em contratar algumas horas de sexo pago naquela rua de Copacabana, cheia de letreiros luminosos, devidamente ofuscados pelo brilho e o cheiro desse pecadilho.

Arremessava pro alto essas viagens sem pé nem cabelo, olhando um céu sem nuvens nem estrelas, quando sentiu o cutucão. Desce do carro, moleque. Desce? Pra onde? Só então percebeu que era o único ainda a bordo. Do carro. Do antes. Último tripulante do bonde chamado receio. Os demais estavam já adiante — desembarcados naquele asfalto infestado de automóveis, bem na frente de um orelhão. Caralho! Sem ter a quem recorrer ou ligar, desceu também.

Como tinha bebido além da conta, via mais luzes se movendo do que postes fixos, a cumprir sua função. Foi o que elaborou, na sinapse torta que seus neurônios adolescentes processavam. Ressaca não teria, tinha certeza, convicto de seu fígado pouco rodado, longe ainda da primeira revisão. Achou mesmo que as luzes podiam ser as mesmas. As móveis e as fixas. Pois, jurava, estavam todas inquietas. Confusas. Sôfregas. Feixes bailarinos. Seria um sinal? De que ia dançar?

Para agravar, tinha dado um tapa num baseado lá na festa do Cosme Velho. Caracoles! Que casarão! Relembrando a orgia, virou preguiçosamente os olhos, contornando o foco, a cabeça pendendo, e foi nessa hora que, de súbito, veio o pavor. Registrou o redor. E configurou o que rolava: os caras estavam numa conversa mole com três ou quatro meninas. Sim, putas de Copa, em plena Prado Júnior. Contratavam uma noitada de putaria com as moças. Engoliu mais um "puta que o pariu" destilado nas vísceras. Um "puta" gutural.

"Quanto você tem, Daniel?"

"Quanto o quê?"

Ai, caceta! Num daqueles foguetes de raciocínio, sem verbalização, até planejou disfarçar e se afastar do grupo, sorrateiramente, como quem vai comprar uma pipoca na esquina e entra sem querer num táxi. Mas não daria certo, aterrissou. Além de só avistar um churros na área, ato contínuo ao pensamento, sentiu novo puxão pelo braço fino.

"Quanto você tem, Daniel? — agora em tom impaciente.

Era uma vaquinha. Sim, o que se desenrolava ali era uma vaquinha. Uma vaquinha para comprar as vacas, ainda conseguiu sorrir por dentro, calado. Elas topavam ir com vocês, mas queriam pagamento adiantado. Bufunfa. "Qué-xi!", disse uma delas, batendo a palma de uma das mãos sobre a outra.

Que você não desejava isso era certo como quatro vacas e seis bezerros são... Dez! Até deveria querer, *ok*, mas não queria. Pronto. Estava com 16 e, depois de muito sofrer e se martirizar pela demora em perder a virgindade, encontrara paz de espírito e moral ao resolver que teria sua "primeira vez" com "alguém". Sim, um "alguém especial". Tinha lido numa dessas revistas femininas de sua mãe que, na sua geração, esse passara a ser o comportamento mais comum: o garoto ter a primeira relação sexual junto com a primeira namorada, e vice-versa. Achou bacana. E confortante. Lembrava até do título da reportagem: "Descoberta a dois". O mesmo texto registrava que, tempos atrás, era bem diferente. Para ambos os sexos. Enquanto a menina convivia com a pressão de se manter virgem, o machismo ordenava que o menino fosse levado pelo pai ou um tio a um puteiro. Sempre temeu pelo dia em que o conduziriam a um lugar desses, que imaginava bem sujo e com luzes coloridas na porta, para "virar homem". Queria isso não!

Remexia esses pensamentos enquanto prolongava, o quanto podia, a desinteressada procura por trocados no bolso. E ainda deu tempo de concluir que os homens bem mereciam reportagens do tipo daquelas que sua mãe lê em revistas feitas para mulheres. E que ele bem poderia ser um entrevistado, pois decidira perder a virgindade assim, de forma "moderna e contemporânea". Natural. Sensível... Quase gay... Riu.

"Quanto você tem, Daniel? Fala, caralho!"

Como somos bobos e frágeis quando jovens! Mais ainda quando estamos sob o cerco social dos amigos. Na adolescência, mesmo metidos a saber de tudo, damos novas e mais provas da nossa incapacidade de reagir. Você devia ter mandado aqueles caras à merda, lógico. Devia ter pegado um ônibus na esquina e saído fora. Mas não. Ficou pensando babaquices do tipo: "O que vão falar lá na escola?", "As garotas vão saber?"... Aquelas interrogações da insegurança juvenil... Balanço da situação: alçou 40 pratas da calça jeans. Saco! Enxergava naquela cena não apenas ir embora sua identidade, seu livre-arbítrio, mas também aquela tarde na *lan house* que planejara pra domingo à tarde. Não queria putas, caçamba!

Vencido pelo grupo, se entregou à bagunça. Aonde vamos?, alguém perguntou. Pra casa do Presunto. Sempre ele. Mas, e os seus pais? Estão em Itaipava. Içaaaaaaaa!, com 8 as. A farra estava armada. Difícil mesmo foi acomodar as três vagabundas no carro — sim, três, pois uma quarta desistiu da festinha assim que um Mercedes conversível e preto abordou a pista. E logo ela, que era a mais gostosa... Grama do vizinho...

No carro, assumiu o papel, sina, do mais calado. O que não chegou a ser uma desvantagem, já que seus parceiros só falavam babaquices, todos tentando ser simpáticos e espertos... Veio-lhe então uma vontade incontrolável de gargalhar. Mas conteve o impulso, fixando-se "nos horrendos travestis" da orla. Tudo no carro soava bobo, gratuito, e você achava qualquer frase um atestado de criancice dos seus amigos... As putas, começou a observar, pareciam estar pensando o mesmo. Eram as três do tipo cascudas. Meio gordinhas, todas, mas com uma pinta de que estavam mais achando graça do que preocupadas com a situação. Seis moleques de 16, 18 anos, filhinhos de papai, mal vão dar conta da gente — era o pensamento delas, com certeza.

Saíram da orla, ganhando ruas mais estreitas, em direção a Ipanema. Foi quando uma das moças soltou no ar:

"Tô com fome!"

Fome? Como assim? A uma hora dessas?, telepatia em uníssono.

"Lá em casa tem bastante comida" devolveu o Presunto.

Grande Presunto!

Elas engoliram. Restava-lhes agora continuar aquele papo pueril dentro do carro e torcer para que não cruzassem com nenhuma *blitz*. O Thiago, que dirigia, tinha carteira. Mas certamente estava bem acima dos limites legais do bafômetro. Quanto a você, continuava calado, tão destoado que acabou chamando a atenção de uma das mulheres, que levou seu perfume adocicado ao seu ouvido e sussurrou:

"E você? Não fala nada?"

Gelou. Era *justo* aquela mais novinha, a ninfa dos peitinhos fartos e, aparentemente, firmes. O que um moleque magrelo, imberbe e virgem, mas se achando romântico, sensível, e que sonha transar pela primeira vez com a Renatinha, paixão platônica do curso de inglês, fala numa hora dessas?

"Eu sou sem-sempre qui-quieto me-mesmo" — saiu-se gaguejando, idiota e bandeiroso.

Sem se virar, teve a impressão de que ela sorriu. Veio então uma mão áspera ao seu rosto, que deslizou num compasso lento, lânguido como a voz que ela se esforçava para emitir.

"Eu vou cuidar de você, tá, bebê?"

Não respondeu. Mas a cena serviu para distraí-lo durante a viagem, pois seguiu imaginando as muitas serventias que aquela mão já devia ter mostrado ao mundo.

Chegaram ao prédio do Presunto, e lhe invadiu um alívio de não terem tido nenhum acidente no caminho. Já era uma vitória. A verdade é que a adrenalina da última meia hora o deixara caretaço. Que bom...

Aí se lembra bem que teve uma coisa engraçada. Quando entraram no elevador, lá já estava um casal de senhores, vizinhos, que deviam conhecer o Presunto desde moleque. Diante da surpresa, e por força da capacidade máxima permitida, entraram apenas cinco: você, Presunto, Pitéu, o mais bêbado, e duas das quengas. Tentando disfarçar, Presunto ergueu a cabeça e, esforçando-se para aparentar normalidade na voz, articulou, protocolar:

"Boa noite, seu Guilherme... Dona Mariana..."

O casal mal conseguiu esconder o espanto, e nem tentou, diga-se a verdade. O tal seu Guilherme fez uma cara de sargento passando em revista a tropa e, em tom de sarcasmo, fuzilou:

"Boa noite. Como vão seus pais, Luiz Eduardo? Eles estão em casa?"

A partir daí, Presunto começou a falar tanto, dando inúmeros detalhes de uma fantástica viagem dos pais pelo interior do estado, que ao casal só restou dar um novo boa noite envergonhado, assim que chegaram ao seu andar, e sair, sem demonstrar um micro-pingo de complacência ou bom humor. Eles sabiam que estavam todos no crime. Quer dizer, quase.

Chegaram ao décimo andar e, mal saíam do elevador, Presunto já foi tranquilizando: "Sem problemas aqui, galera, ninguém em casa." Mas tinha: Cafu, um poodle idiota comprado às vésperas da Copa de 2002. O nome era perfeito, pois o fôlego do bicho era infernal — embora, passada a Copa de 2006, o nome tivesse se tornado cômico, caricato. Mal entraram todos, o bicho tratou de iniciar suas disparadas enlouquecidas pelas laterais da sala e do corredor, sempre em direção a uma mira imaginária, indistinguível, mas por vezes certeiras na canela das meninas. Ai, ai, até o cachorro do Presunto paga mico nesta porra, pensou...

O pior estava por vir: sem que ninguém testemunhasse o delito, Cafu mordeu Lara, uma das meninas. Ela, histérica, ou talvez aproveitando a situação para ter alguma desculpa para deixar o local, desembestou a chorar e clamar por ajuda médica, um hospital, uma injeção, mertiolate, gaze, enfermeiro, qualquer coisa, pelo amor de Deus! Confira o diálogo:

"Só vocês mesmo, seus moleques, pra me *trazer* num lugar assim, com um *pit-bull* raivoso pra atacar a gente..."

"Que *pit-bull*, muié, é um *poodle*, caceta...", relinchou Pitéu.

Aí que fudeu mesmo. As três se viraram ao mesmo tempo pro lado do Zé Eugênio, esse infeliz. Até uma mulatinha magrela, que antes parecia estar a fim de alguma sacanagem, se enfureceu.

"Quem vocês pensam que são? Seus moleques de merda..."

Caçamba. Você até podia continuar protagonizando aqui detalhes dessa barafunda. Mas não vale a pena. Afinal, foi apenas uma trepada. Mesmo que a primeira.

Sejamos sucintos, evitando desconfortos: ficaram uns quarenta minutos pra reverter a situação. Enchendo elas de uísque do pai do Presunto, pagando dobrado o programa (acharam uma grana na cozinha da casa!), pedindo umas pizzas, liberando um telefonema de uma delas pra Espanha... Depois de muita conversa, dois de vocês levaram a magrela e outra ligeiramente ruça pro quarto dos coroas e pro banheiro. O Presunto, caceta, bodou, ali mesmo sobre o carpete. Você ficou fazendo sala pra que sobrou... Idiota total. Até que a puta, com tesão do tarde da hora, o obrigou a ir pro quarto de empregada com ela. Caçamba. E caçapa! Pau até entrou, meio barro, meio tijolo, pois ela fedia a desodorante barato... Mas pode dizer que sim, foi a sua primeira vez.

Dia seguinte acordou tarde e perdeu a aula de inglês.

Merda. Uma semana sem ver a Renatinha...

Periguetes

Joanna e Geanna eram duas baianas de história e trajetórias parecidas. As duas mulatas — uma meio grau de melanina acima da outra —, exportadas do interior da Bahia para trabalhar em casa de família no Rio. Joanna de Januária; Geanna de uma cidade de que agora não me recordo o nome. Ambas cuidaram de criança branca e enxaguaram muito chão de cozinha e prato antes de descobrirem que podiam, com bem menos esforço, ganhar mais, inclusive diversão. Embora carregando no mesmo sotaque arretado, cada uma tinha uma versão pro dia em que se conheceram. A primeira dizia que tinham sido apresentadas por uma amiga em comum, também doméstica, paraibana que frequentava o forró da favela vizinha à casa de suas patroas, em Botafogo. A segunda insistia em outra história. Haviam ficado amigas nas rodinhas que se formam à saída do supletivo noturno que, por coincidência, cursaram numa escola jesuítica do bairro. Sim, tinham feito alguns meses de estudo, naquele esforço de jornada dupla. Isso na época em que ainda acreditavam num presente honesto como caminho para um futuro promissor.

Quando conheci essas duas, já estavam havia alguns bons meses na pista da Prado Júnior. Danadas e envolventes como elas só, conseguiram convencer dona Albertina, proprietária de vários apartamentos aqui no edifício, a alugar unzinho para elas num preço muito bom, acho que quatrocentos. A velha Albertina, malandra, sabia se defender das aventureiras. E usou com elas a mesma tática que lança para todas as pretendentes a ocupar seus imóveis: jogar duro, fazer cara de brava e enumerar dezenas de obrigações contratuais para ver se, com isso, assusta as mais frouxas, incapazes de segurar o rojão do aluguel mensal. Se ela aprova as candidatas nessa árdua sabatina psicológica, a senhoria executa então sua última e fatal estocada, dizendo que só alugará a unidade se as candidatas apresentarem algum comprovante de renda. Diante da cara de espanto das moças, completa a piada pedindo que elas virem de costas, para que assim possa "conferir seus contracheques". E cai na gargalhada a Albertina. Quem a conhece na intimidade sabe o quanto ela adora fazer isso. E o fará quantas vezes forem os abandonos e despejos de suas jovens inquilinas.

Mas não haveria mesmo como Albertina deixar de gostar de Joanna e Geanna, duas baianas pra lá de divertidas e especiais. Não houve uma vez que cruzassem a portaria sem me estalar um beijo na testa, ou na careca, como preferiam chamar. Mesmo que chegando acompanhadas de algum cliente, perdiam alguns segundos nesse ritual de carinho, deferência e atenção. Não era teatro. Da porta do prédio para dentro, muitos podem ser testemunhas, foram sempre uns doces de condôminas, muito simpáticas, atenciosas e colaborativas. Do capacho para lá, também não faltariam relatos, tinham a fama de serem bandidas da pior espécie, as mais perigosas putanas do quarteirão. O diabo em pessoa — e minissaias.

E não havia na Pê-Jota — mas falo aqui dos que vivenciam as coisas da rua — quem não soubesse quem eram ou ao menos já tivesse ouvido falar das Periguetes, apelido que ganharam não só por fama e atitudes, mas também por um jeito próprio, de tanto que usavam e introduziam essa gíria baiana para se referir às colegas de calçada. Nos botequins e lanchonetes daqui, as histórias que corriam de boca em boca sobre elas evocavam infinitos roubos a carteiras de clientes e armações de toda espécie, como flagrantes de drogas que elas forjavam para cima dos seus contratantes em conluio com policiais e detetives amigos, ou golpes do tipo "Boa noite, Cinderela", com soníferos, que conseguiam graças à amizade que mantinham numa farmácia das redondezas. Também ruidosa fora a épica noite em que as duas trataram de pôr a correr uma matilha de travestis que tentava conquistar território em seus campos de batalha. Eram tantas as façanhas das Periguetes que já se tornara fácil imaginar que grande parte daquela prosa era fruto e flora de imaginação. O povo gosta de aumentar essas coisas, né? Mas nunca sobre os heróis. Sempre sobre os bandidos.

Suas falcatruas e ladroagens as transformaram em mitos, o que as faziam ser extremamente respeitadas pelas outras putas da área. Ninguém se metia com as Periguetes! E ressalve-se que jamais vi nenhum movimento que me provasse existir alguém especialmente envolvido na proteção delas. Lindas e adoráveis, viviam sob a asa forte de todos os que as cercavam e admiravam. Entre eles sempre dois ou três deputados, muitos empresários e o Jair, pardo gordo que, diziam, era alto funcionário no gabinete do governador — ou do prefeito, nunca soube ao certo —, e que batia ponto todo santo dia quinta-feira pra arrastar as duas em seu quatro-portas-chapa-branca. Mas sem jamais esticar um fiapo do bigode fino pra fora do carro, deixando tudo a cargo e responsabilidade do motorista, de quem nunca soube a graça. Apesar de tudo isso, sempre foi difícil para mim, guardião nessa espécie de portal entre céu e inferno, acreditar que as duas, queridos amores, fossem de fato tudo o que se dizia delas pelas esquinas.

E a vida seguia assim, ao contrário do que projetariam os puritanos fundamentalistas, essencialmente no trilho apesar do desvio de suas vocações. Isso até a chegada de Maria das Dores, a irmã mais nova de Joanna, que veio do recôncavo baiano se juntar à dupla. Ainda me lembro, como se fosse hoje, a primeira vez que a vi, usando uma roupa emprestada da irmã, dois números acima do seu, atravessando a portaria pra sua primeira noite como puta. Desconjuntada, inocente, percebi o quanto tremia ao estancar a travessia para esperar que as companheiras pichassem seus batons berrantes na minha testa.

A transformação que testemunhei nas semanas seguintes ficará para sempre na minha memória. Não em Das Dores, que, mesmo assumindo nova identidade, Verlana, nunca deixou de ser ingênua e assustada, exatamente como quando aportou na Rodoviária Novo

Rio. Foi nas atitudes das duas amigas que comecei a observar, aqui e ali, que algo não ia bem após a chegada da novata.

— Hoje eu tô de calundu! — disse Joanna um dia, já saindo pela porta, e ao perceber meu espanto por ela ter passado direto por mim sem me afagar. E dali em diante foram muitas as vezes que a vi assim, "avexada" e "azuretada", para usar duas expressões baianas entre as tantas que ela desenterrava de seu passado-cadáver sempre que perdia as estribeiras. Bastava a adrenalina esquentar sua cabeça, repuxando as tranças cuidadosamente arrumadas, que emergia de dentro a "nigrinha" que ela já julgava em decomposição.

"Verlana tá *inticando* comigo, seu Pedro!", soltou certa vez, e essa foi a única tentativa de me contar algo que, podia ver, a sufocava. Nunca fomos mesmo de conversar muito, e minha discrição profissional, patrimônio de quarenta anos em portarias do bairro, era como algemas, contendo a minha vontade de abraçá-la com algumas palavras de amigo — sim, pois já podia me considerar dela um amigo. Eram faces malresolvidas as que essas duas, antes tão inseparáveis, agora refletiam no espelho que antecede o elevador. A mim, incapaz de tentar algum resgate do que tão de perto conheci e admirei, aquela euforia, a vontade de viver, restava imaginar o que deveria estar por trás daquela ríspida transformação. Eu tinha certeza de que a novata, a tal Das Dores, embora flor, era a raiz fecunda desse mal. Mas por quê? Como? O que haveria de ter acontecido?

Nunca soube. Outra passagem que poderia me ajudar a tentar montar esse quebra-cabeça foram as sucessivas vezes que vi Joanna trazendo a irmã pelo braço, como quem leva o caçula a se recolher pelo tardar da hora. E veio a noite, e outras, e tantas, até aquela em que a menina não voltou. Apreensiva, como se antevisse o pior, a doce Joanna passou o primeiro dia me interfonando sucessivas vezes, com indagações desconexas, e fez três ou quatro incursões à rua, à caça da desgarrada. Passaram-se mais de 48 horas até que um policial amigo chegasse do IML com uma bijuteria, uma argola dourada, e a notícia preta da morte dela. Notícia das Dores.

Bem antes disso, a sábia Prado Júnior já futricava sobre o ocorrido, dando a ele o mais repugnante tom do vermelho-vingança, e conferindo culpa e mérito às bonecas do Posto Três, aquelas. Na parede do aviário, esquina com Viveiros, viu-se amanhecer uma pichação maldosa, que teria sido obra não delas, ou deles, mas sim dos moleques que habitavam as marquises da região. Estava escrito lá: "A gente só engole porra; desaforro não!!!" E assim mesmo, com um erre a mais.

No primeiro momento, fomos eu, Geanna e o polícia que tivemos de juntar forças e conter Joanna, enlouquecida para correr até as travestis suspeitas e fazer justiça com as próprias unhas. Dias se passaram até que a ira aplacasse. Mas nunca mais vi um sorriso sequer nas faces bem-torneadas daquelas mulatas. Nunca mais também recebi na careca os meus beijos, que tanto me reconfortavam e reabasteciam. As duas ainda ficaram duas ou três semanas, ali, enclausuradas. Sem alarde, acertaram as contas com dona Albertina e foram embora num horário diferente do meu plantão. Pouco se sabe, mas dizem que voltaram para o interior, e que hoje trabalham na roça, embuchadas por pencas de filhos. Sobre o crime, jamais nada se provou. Hoje, quanto mais passam os anos, novas e extraordinárias versões surgem sobre a façanha das travestis. O povo gosta de aumentar essas coisas, né? Mas nunca sobre os heróis.

Abismos

Era uma vez um quiosque tosco. Tosco mesmo, como aqueles que ponteavam o Recreio dos Bandeirantes antes das obras de remodelação da orla carioca. Quiosque azul-fosco, enferrujado, longe dos padrões inóspitos e estéreis da assepsia politicamente correta. Falo dos anos 80 ou 90, não sei ao certo. O cenário? A Prado Júnior, rua de Copacabana, cercada não apenas por paralelas e perpendiculares, mas principalmente por curvas, muitas curvas, calipígias Tamburellos. Falo da Pê-Jota, a rainha das ruas, ou, melhor, a rua das rainhas... A rua das putas, enfim.

Toda metrópole tem a sua Pê-Jota — seu maracanã da sacanagem. No Rio, é a Prado Júnior. Como diria um versículo bíblico: quem de vós, machos cariocas e mesmo os visitantes na cidade, hei de dizer que ali, entre botecos e concretos, não passou os olhos, ao menos em procissão, pelo pelotão de putas da Prado Júnior? Quem? Quem não passou em revista as doces moças, as recrutas do sexo? Quem? Quem? Mesmo sem erguer continência, ou só a enrijecer pensamentos, certo é que todos nós já batemos palmas — e punhetas, claro, como exige o verbo e a fonética — à loucura dessa via curta, mas de longa oferta de moças, naquela fila permissiva de louras, morenas, e também de loiras, pois paulistas ali trafegam com frequência bem mais segura que a da ponte aérea. É, todos nós, de alguma forma, já atuamos nesse teatro da madrugada. Mesmo sem nunca ter ido até lá... Creia-me.

Mas falava aqui apenas do quiosque. Daquele inocente quiosque encardido. Falava de coisas simples. Daquele mundo inatingível, do horizonte sem prumo que é a esquina — este conflito geométrico das grandes cidades. E da banca de jornal, do chaveiro itinerante, do vendedor de chicletes a um real, do camelô de novidades Made in Piratas S.A., ou da carteira escolar que é o último emprego de tantos aposentados e desempregados, na previdência contraventora que é ser anotador do bicho... Eu falava dos arredores, sim, dos arredores! Afinal, somos cada vez mais cidadãos do mundo na nossa esquina. Prisioneiros das nossas linhas de ônibus. Reféns dos nossos limites de imaginação e da nossa resistência a caminhadas a pé. Somos, sim, sedentários, claro, e condenados pelo colesterol. Somos obesos, mesmo quando magros, pois aglomeramos e acumulamos gorduras saturadas pelas frustrações. E uma delas é a de não se largar no mundo. De sermos confinados à nossa existência. Ao perímetro.

Estamos sempre com sonhos na balança, meu caro — e salve os que têm a medida perfeita e o peso ideal do fracasso. Diria que, acima de tudo, cada vez mais tenho a receita borrada, com garrancho de especialista, para a dieta do acaso. Uma tabela de vida sem prazo. E, já que falamos de comida, pego emprestado mais um punhado de metáforas pobres para descrever: foi como ingrediente exótico em restaurante *cult*, como tempero novo trazido do exterior. Mais ou menos assim, sem certeza de nada, que cheguei ali, no quiosque, o quiosque azul-tosco (olha ele aí de novo!), com esses pensamentos insanos me perturbando no avental das ideias. Bem, cheguei, e é aqui que começa nossa história. Você bem podia ter pulado esses parágrafos aí de cima, sabia?

Mas vamos ser mais poéticos neste início de texto:

O quiosque era azul. O futuro da moça não.

Não, pera, brega demais. Tentando de novo:

O quiosque era azul. O futuro da moça tinha tudo pra ser. Pra ser azul. Era linda a mulata que, todo dia, se debruçava discretamente no quiosque turquesa da Copacabana anos 80 ou 90, quase defronte a um braseiro de galetos, o mesmo que, numa madrugada fria, um dia virou cenário de assassinato, afastando as moças do balcão. A mulata encostava seus suaves cotovelos pardos num balcão mais pobre, isso no tempo em que ainda se permitia um quiosque desse tipo, móvel, parar numa transversal da Nossa Senhora de Copacabana e vender mistos e hambúrgueres. Xis-isso, xis-aquilo... Chamavam-no trailer.

Ela não fazia ponto ali — é bom que se diga. Era puta? Claro. E quem não seria, pobre daquele jeito, mas com a riqueza de nascer com tesouros e joias cravejados ao longo do corpo? Há mulheres que já nascem putas, pode apostar. São aquelas que envergam uma armadura de carne impossível de conviver em ambientes profissionais, ou familiares... Sim, repito: há mulheres que já nascem putas, pode apostar. Você olha e crava: Puta!

Bem, era puta sim, mas eu, bobo, confesso que no início tive dúvidas. Muitas dúvidas. E isso, claro, me deu uma dose extra de tesão. Conheci a moça numa noite simples, como o quiosque. De relance. Percebera sua figura de longe. Eu sem a menor e nem a melhor intenção. Ela, linda, roupa de dia de folga, matutei —, conversando singela com o casal que cuidava da chapa de frituras. Eu, do outro lado do balcão, poucos metros e muitas bisnagas de mostarda e ketchup a nos separar.

E eu me encantando... Mais e mais. Acho até, não lembro bem, que ganhei um ou dois olhares, mas nenhum mole dela não. Eram olhares de quem se certifica de que alguém a observa, e só. Roubei o máximo que pude daquele primeiro encontro. Fiz força para gravar na memória seu sorriso, seu piscar. E pedi, mais de uma vez, a bisnaga de ketchup, maionese, palitos... O que fosse, desde que estivesse no balcão e a fizesse, mesmo que por poucos instantes, me notar. Fui embora levando a fritura da chapa na roupa, e um cheiro forte de vontade na minha intenção.

Distraído, envenenado, acabei voltando no dia seguinte, e depois, e depois... Muitos lanches de madrugada no quiosque-azul desbotado. Um "oi" aqui, um "boa noite" ali... Assim, como mordidas em quindim, fui, aos poucos, me aproximando. Como animal que cerca para um bote final, ia me posicionando, me infiltrando, e, para isso, úteis eram as noites em que, ao chegar, ela não estava. Era quando aproveitava para conversar muito com o casal da chapa de hambúrgueres — a quem a mulata chamava "padrinho" e "madrinha".

Nos dias em que ela estava, chegávamos a trocar algumas frases. Eu sempre respeitoso. Puta gosta disso, eu sabia, de ser tratada como mulher. Surgiram então algumas conversas mais específicas, sobre o bairro de Copacabana, a sujeira nas ruas, o calor, sobre esta ou aquela notícia a que assistíamos na pequena TV do quiosque — do noticiário, porém, ela nada sabia, mas gostava de ouvir minhas impressões emitidas à frente do padrinho dela, como se clamasse por um endosso à minha pessoa.

E tamanha foi minha excitação e alegria no dia em que, a pedido dele, do coroa fritador de hambúrgueres, pude escoltar aquele pedaço de mulata até a portaria de seu prédio, duas quadras dali. E logo essa regalia se tornou hábito. Era um hambúrguer, duas cocas e batata!, o coroa me pedia pra levar a moça até em casa!

Caminhadas e caminhadas depois, ela acabou me revelando um dia, isso já muitos refrigerantes depois, que era mesmo puta, mas que só fazia programas "especiais", com gringos "da alta", e quase sempre encontros previamente agendados, e muito caros, um requinte de atendimento. Parava ali no quiosque nunca para seduzir. Era aquela sua única opção de descanso, lazer, entretenimento. Parava em noite sem cliente para conversar um pouco com o "padrinho" e a "madrinha" por afinidade, dois amigos de longa data de sua mãe, que ficara em Cachoeiro de Itapemirim. Parava ali para se sentir um pouco "em família" — e uma lágrima escorreu de seus olhos rasgados nessa hora, descendo pelos traços finos de mulata exportação. Comoveu-me.

Ali ela procurava outro tipo de programa — na acepção mais inocente da palavra. O casal de "padrinhos", claro, sabia de tudo sobre a vida dupla da moça, mas fingiria eternamente não saber. Melhor não falar a respeito. Moral e bons costumes dourando na chapa de cheesebúrgueres e mistos.

A verdade é que, principalmente depois daquela demonstração de sensibilidade, *pixonei*. De cara. E de coração. Havia mesmo algo de especial naquela menina.

Linda, linda, linda, como descrever sem adjetivos? Linda — pronto. Linda. Tinha arrojados traços da raça negra, traços de princesa. Tinha o corpo esculpido sem pressa — Deus certamente gastara nela uns minutos extras... Caprichara, o Senhor. E era doce, um amor de menina. Um anjo que se desgarrara do céu e fora cair logo ali, naquele antro — mas esta cantada ridícula e canalha preferi guardar pra mim. Uma moça dona de um coração e tanto. Xiii, os clichês me tomavam. Estava mesmo me apaixonando...

Aqui é importante observar que eu nunca saíra com uma puta, até então. E é por isso que pela minha cabeça vagavam pensamentos de todo tipo... Valeria eu insistir naquele flerte romântico, dia após dia, lembrando os antigos namoros de portão? Era claro que eu sentia algo por ela, um misto de atração, carinho, desejo e curiosidade, fogo e tesão. Mas, volta e meia, ao me despedir dela na portaria do prédio, me vinham à mente pensamentos e imagens confusos, como a consciência de que aquele mesmo rosto que parecia tão inocente horas antes estava desfigurado de tesão, falso ou não, numa cama com um executivo da alta qualquer... Que aquela mesma mão suave, apesar de áspera, que eu tocava, na véspera conduzira, firme e com movimentos constantes, o gozo de algum velhaco endinheirado... Que aquela boca... Ai... Melhor parar...

Lembro bem do primeiro beijo. Rápido. Dois ou três segundos de troca de salivas. Nossas línguas praticamente apenas se apresentando uma à outra. A dela, macia e molhada; a minha... Sei lá! Mas deve ter agradado, pois nos beijamos no dia seguinte, e no próximo, e depois, depois, em *clinches* cada vez mais longos e apaixonados. Tudo era sempre ótimo, mas sublinhado pelos desconfortos comuns à rotina de quem se enamora com uma prostituta de luxo, como viagens repentinas a São Paulo, Brasília, Cuiabá...

Eu contei a poucos amigos sobre ela. Não que me envergonhasse estar me apaixonando e me envolvendo com uma prostituta classe A. Não, longe disso. Eu tinha a literatura e o cinema ao meu lado como argumentos sólidos e irrefutáveis. Contei a poucos porque, no início, dos primeiros a quem me abri, só recebi exclamações ordinárias, demonstrações de machismo e preconceito. Era só eu começar a falar e já percebia, no ouvinte, armar-se aquele sorrisinho idiota e cínico dos que te julgam sonsos e ingênuos. Aqueles que te olham como se dissessem:

— Pra cima de *moi*? Vai comer quando?

Ninguém acreditava que eu pudesse, de fato, ter intenções mais sérias e prolongadas com aquela moça. E que permanecesse saindo com ela sem ir pra cama, como quem corteja uma virgem. Talvez porque ninguém nunca a vira. E, por mais que eu me esforçasse, com adjetivos e advérbios, não conseguia passar aos outros a beleza que se encerrava naquela puta singela do quiosque azul encardido da Prado Júnior anos 80 ou 90. A um ou dois amigos mais próximos, tentei me aprofundar em meus sentimentos. E eles, embora convencidos de que aqui neste peito imberbe nascia alguma verdade, despejavam sobre mim seus conceitos e conselhos acerca de ilusão, diferenças culturais e sociais, e por aí vai. Cansava-me.

Quando a insegurança apertava ainda mais, vinha sempre à lembrança uma cena de infância, que me marcara a ferro e fogo. O filme na cabeça tinha seu primeiro plano fechado em mim, garoto, sentado no quarto de meu avô e brincando com alguns bonecos do Forte Apache — em especial com o meu preferido, aquele que já vinha sentado em posição de cavalgada, rifle na mão. Por algum motivo qualquer, que o roteirista da minha memória suprimiu, interrompo o que estava fazendo e me viro para o meu avô, 80 e tantos anos, que há horas está ali, sentado em sua cadeira de alumínio, e anotando coisas num papel, sempre com a letra miúda, sempre com a caneta Parker metade branca, metade azul-clara, como um fusca duas cores.

Curioso, indago a ele sobre o que tanto anota naquele bloco de folhas amarelas, numerando alguma coisa que, do chão, me é ininteligível. A primeira resposta é um protocolar "Nada não!", ou um "Besteira, filho", algo assim. Mas insisto na pergunta, e meu avô se arruma na cadeira para falar, como se preparasse o corpo e o ânimo para enfrentar uma audiência com algum discurso. Pede que eu me aproxime e, enquanto fala, com a ponta da Parker branca e azul-claro, vai sublinhando cada linha numerada e dizendo:

"Estava aqui pensando e anotando tudo o que é preciso encontrar de equilíbrio num casal para que uma relação entre homem e mulher dê certo", prefaciou. "Como assim?", provoco, tentando alcançar a profundidade de sua filosofia, o que só conseguiria anos depois de sua morte. E ele prosseguiu: "Para que um casal seja feliz e perfeito é necessário equilíbrio em muitas coisas, meu filho." E a Parker foi sublinhando cada item numerado:

1) Equilíbrio financeiro
2) Equilíbrio de nível social
3) Equilíbrio de nível cultural (...)

E por aí foi meu avô, pragmático, detalhista, tentando transformar a fórmula do amor numa equação lógica — algo que me acompanharia por toda a minha existência, a perturbar minhas convicções pueris sobre o amor romântico.

Eu lembrava daquela cena e me perguntava: teria mesmo como dar certo uma relação afetiva com a mulata, mulher de origem social totalmente diferente da minha? Eu teria como conviver, amar, talvez casar e ter filhos com alguém que nunca fosse capaz de ir ao cinema comigo e debater o filme, citando outros cineastas? E como inseri-la num mercado de trabalho diferente? Como trazê-la pra uma realidade mais próxima do que aprendemos a chamar de normalidade? Ou, melhor, moralidade...

Mas bastava encontrá-la em mais uma noite de sanduíches e beijos saborosos que esquecia facilmente todas essas besteiras, me entregando aos seus braços. O curioso é que, apesar de sua conduta profissional pouco ortodoxa, entre nós ela mantinha a postura quase santa, permitindo apenas poucos carinhos mais íntimos. Só muito raramente, e interrompidos abruptamente por um adeus na portaria de seu prédio. Comigo ela se fazia de difícil, e eu adorava isso. Mas já era mais do que hora de convidá-la para algo mais a dois... E foi o que fiz. Um jantar fora. Só nós. Fomos.

Engraçado que, agora lembrando e escrevendo isso, não consigo me recordar de quase nada dessa noite no restaurante. Nem para onde fomos, ou o que comemos, como foi, o que ela vestia, nada. Acho que era tanta a minha ansiedade pelo que viria depois, nossa primeira noite de amor, que mal consegui registrar aqueles instantes que antecederam esse encontro na cama. Ao mesmo tempo, essa amnésia provocada pelo tesão me faz crer que tudo correu às mil maravilhas, tanto assim que, envolvida e enamorada, ela aceitou meu convite para, já tarde, irmos ao meu apartamento.

No sofá da minha sala, pela primeira vez nos tocamos sem ninguém e nem os edifícios de concreto de Copacabana a nos observar. E logo nos entregamos a beijos e abraços aquecidos pela proximidade do inevitável: o sexo.

Para mim, a emoção de enfim conhecer sexualmente essa mulher misteriosa e instigante, uma profissional da cama por quem estava me apaixonando; para ela, o nervosismo de estar indo se deitar com alguém sem cobrar nada por isso, somado ao medo comum às putas nesses raros momentos de entrega real: o de estar sendo enganada, usada... Tudo isso quadruplicava nossa emoção e nossa vontade.

Mal ela se despiu, notei que suas roupas íntimas eram simples e com cores, no mínimo, pouco comuns a esse tipo de vestimenta: o sutiã verde bem forte, quase abacate, e a calcinha rendada cor-de-rosa. Sorri de mim mesmo de estar ali, diante daquele monumento de mulher, de uma mulata de beleza internacional vestindo lingerie em homenagem à Mangueira. Dessa vez, o roteirista do meu destino caprichara.

Sim, fomos pra cama e fizemos amor. E lembro, entre uma ou outra fotografia do momento registrada em minha memória, que foi bom, muito bom. Se tivesse de relatar isso num divã freudiano, poderia garantir que ninguém, ninguém!, subiu naquela cama comigo. Ninguém! Nenhum de meus amigos preconceituosos, meu avô, a caneta Parker, ninguém! Trepamos, e foi bom. Muito bom. E só.

Extasiados, relaxados, emaranhados, descansávamos então ali, sobre lençóis remexidos, travesseiros desfronhados, semiofegantes. E eu me recompunha observando os cabelos dela, encaracolados, lindos, levemente umedecidos na raiz pelo suor.

A cena muda: eu deitado olhando o teto, ela recosta seu rosto no meu peito. Tudo em perfeito silêncio, pois nada era preciso ser dito. Bastava sentir o cheiro da gente no quarto, lembrar alguns instantes de segundos atrás. Não acendi um cigarro porque não fumo, mas o prazer era total. Completo.

Pela minha cabeça, mesmo que com sabor de vingança, voltaram aquelas ideias absurdas do meu avô... À merda com os equilíbrios sociais, os equilíbrios culturais, financeiros... Uma coisa era certa: tínhamos equilíbrio, sim, na cama, de pele, no querer. Uma perfeita sintonia de corpos, de sexo, de amor...

Linda, sempre linda, alheia a esses pensamentos idiotas, ela permanecia ali, cabeça displicentemente pousada sobre meu peito, o corpo curvilíneo alongando-se pela cama. Abaixei um pouco o queixo e olhei a perfeição de suas linhas, das pernas, da cintura, orgulhoso de mim e de nós. Pronto. Encontrara alguém, e já pensava em como seriam nossos dias de namorados, depois de casados, sei lá...

Foi quando, não sei bem por quê, o silêncio, que estava tão perfeito, foi quebrado.

— Amor, posso te falar uma coisa? — ela disse, quase sussurrando, olhos fechados pelos longos cílios.

A interrupção me custou apenas um segundo de surpresa, e logo relaxei de novo:

— Claro, amor..

— Posso mesmo?
— Claro...
Foi quando veio a frase dela, curta, sincera, definitiva:
— Amor, você me *satisfazeu*!

Bacanal

Sonhou que transava com todas as moças que, um dia, já se ofereceram na Pê-Jota. Rostos, seios, bundas, sexo e pernas sem nome.

Estavam lá:

Meretriz, prostituta, mulher da vida, rameira, cortesã, garota de programa, acompanhante, abre-abre, alto bordo, andorinha, aranin, argentina, ave, b. de ouro, bagaço, bagageira, bagaxa, balalaica, barca, baronesa (prostituta velha), barca, basila, BBC (boca, boceta, cu), bicha, biraia, biriba, bisca, biscaia, biscate, bofe, boi, bruaca, boceta de ouro, buceta de ouro, boneja, brega, bregueira, broa, bucho, cabaço de todos, caborge, cação, caçarola, cachorra, cadela, camélia, canganha, canguicha, cantoneira, carapanã, carcaia, caridosa, carne nova, carniça, carro novo, casca de jaca, catenga, caterina, catraia, cabrinha, camélia, chandoca, china, chuteira, cipuína, clori, coco, cocote, comida, côngria, chobrega, coquinho, cotruvia, couro, couro de tambor, croia, crota, cuia, culatrão, dadeira, dama, decaída, doidivana, égua, ervoeira, escrachada, escrava branca, escarradeira humana, esquinista, fadista, fardeira, feme, fêmea, findinga, frega, frete, frincha, fuampa, fubana, fuleira, fúnfia, fusa, gabirua, gado, galdéria, galinácea, galinha, galinha de pé roxo, galinha morta, galinha polaca, galiquenta, galvinhão, ganapa, gansa, gata, gatuna, gansa, geobra, girafa, gira-bolsinha, giradora de bolsinha, guampa, guerreira, hetaira, horizontal, jereba, jerianta, jupira, juruveva, laranja caída na estrada, lascada, leia, leona, libélula, livre, loba, loureira, madalena, madama, malote, mangue, maquininha, marafaia, marafona, marca, maria do cais, mariposa, marmita, messalina, menina de programa, michê, michela, mija-homem, militriz, minestra, minólia, minota, miraia, moça, moça-dama, moça do facho, moça do fado, morubixaba, mosca, mulher, mulher alegre, mulher à-toa, mulher cabreira, mulher da comédia, mulher duvidosa, mulher da zona, mulher de bará, mulher de janela, mulher porta aberta, mulher de porta de quartel, mulher de soldado, mulher de vida fácil, mulher do facho, mulher errada, mulher do fado, mulher do fandango, mulher do mundo, mulher do pala aberto, mulher errada, mulher perdida, mulher pública, mulher solteira, mulher da rua, mulher da rótula, mulher-dama, mulher de amor, mulher de má nota, mulher de ponta de rua, mulher vadia, mundana, murixaba, muruxaba, na vida, orineia, ostra, paloma, pataqueira, pécora, peixe fresco, pelherma, penga, perdida, perua, perva, perversa, piguancha, pinica, piniqueira, piranha, piranhuda, pirara, piroqueira, pistoleira, piturisca, polaca, prejereba, prima, putana, profissional do amor, puara, puriba, puta rampeira, putanesca, putanete, putéfia, putete, putinha, putona, quenga, querrenca, rabaceira, rampeira, rampideira, rapariga, rascoa, ratuína, reboque, respeitosa, roda-bolsinha, rota, rongó, run-run-run, solteira, surrubango, sutanha, taioba, tamanqueira, tambor de guerra, tampa, tia, tigrona, tiro a esmo, tolerada, torta, trabalhadeira, trabalhando no desvio, transviada, traviata, trepadeira, trem da central, tronga, uru, vaca, vagabunda, vaqueta, vasculho, veadinha, ventena, vênus de rua, vigarista, vigara, vulgífara, xandra, xerete, zabaneira, zoina e zunga.

Não deu conta.

Dominó de colchonetes

Contar ladrilhos no banheiro nunca foi algo que a incomodasse. Ela fazia isso na sua casa, na sua terra, no seu reino, na sua cidade. Enfim, no seu trono. Mas contar tacos do sinteco? Rs. Tinha mesmo de rir. Assim, divertindo-se com pequenas coisas, torcia para o tempo passar mais rápido. Gracejando e ao mesmo tempo fiscalizando, de longe, o feixe de luz que vinha do único quarto do apê. Uma luz divina, pois criadora: desenhava um triângulo claro e comprido no piso de madeira. Como é mesmo o nome dos triângulos assim, meio compridos?, pensou. Impósteles... Aristóteles?... Isósceles!... Lembrou! Sempre foi boa de geometria, sempre... Aliás, sempre foi boa aluna. Mais ainda de português. E história, claro. Sempre foi boa de história...

Era naquele cômodo que emitia essa luz fraca mas suficiente para acender suas lembranças de escola que dormia Sueli, a tia. Aliás, Suely, com ípsilon — ela sempre emendava e fazia questão. Ali, na sala da plebe, num daqueles novembros abafados de Copa, verão chegando, essa nesga de luz a ajudava a contar sintecos e a avistar alguns mosquitos, esses malditos, que davam rasantes sobre a planície recortada de colchonetes. Os irritantes zumbidos dos bichos só apareceriam bem mais tarde. Zumbido de mosquito é assim: soa mais alto com a escuridão, sabia?, falou pra dentro. Identificou um desses desgraçados descansando na parede descascada azul-piscina e nada pensou, mas ali, naquela sala, se sentia assim como esses insetos: aguardando o escuro total para que soassem mais altos seus grunhidos de dor.

Ajeitou-se no colchão, que era muito fino, daqueles comprados em liquidação barata de uma loja barata naquela galeria barateira da Barata Ribeiro. Um colchonete de bosta, enfim. Agora até que já se acostumara. Nos primeiros dias deitando-se ali, contava vértebras como carneirinhos, aferindo cada incômodo e cada estalo. Suas juntas. Seus botões. Doía dormir ali, e volta e meia isso fazia vir, de relance, com a velocidade passageira dos pensamentos que evitamos, a lembrança do seu pai. O que sentiria o velho sabendo que sua "preciosa" foi parar naquele pardieiro, num colchonete de merda encaixado como dominó de colchonetes de merda, em meio a outros muitos, numa sala de sinteco fosco e tacos incomensuráveis, e paredes descascadas servindo de aeroporto para insetos também em grande número... Insetos insignificantes — putas idem.

Planos, tinha muitos. Juntar dinheiro, por exemplo. E comprar uma casinha lá em Itaperuna. Botar a mãe e seu sobrinho morando nela. Mas tava foda. Difícil pacas. Já eram três meses ali na Prado Júnior e nada. Necas! Até mandou umas merrecas pra mãe, mas não tanto como tinha imaginado. Culpa sua, claro. Quem mandou comprar aquela blusinha lilás na lojinha que descobriu na

Nossa Senhora de Copacabana? E o crediário na C&A? Putz... Vacilona!

— Luana... Chega um pouco pra lá, vai...

Foda. Essa mina sempre se achava no direito de te pedir pra encostar mais pra esquerda. Porra, tu quase colada na bosta da parede, e ela pedindo, e vindo, vindo, mais e mais pra cima...

— Karine, desculpa, mas é você que tem de chegar um pouquinho pra lá, ném... Tu tá quase em cima de mim...

Apartamento de puta é como cela abarrotada de delegacia: não pode deixar ninguém montar em você. Aprendeu isso logo na primeira semana, quando ainda estava lá na casa da Esmeralda. Saudade da Esmeralda, sabia?

Levantou suavemente o corpo e olhou pra antessala, o cubículo. A porta estava fechada, mas também se via luz escorrendo pelo vão de baixo. Deu vontade de ir até lá conversar com a Ana Letícia, mas sabia que não ia conseguir... Com certeza, a essa hora, ela está atendendo um telefonema após outro, sem parar, coitada da Ana Letícia... Menos mal que a Suely instalara aquele aparelho que funciona sem campainha... Na Esmeralda não era assim não. A bosta do telefone, aliás, dos telefones, lá eram três, tocavam a noite toda. Uma loucura... Mas sabia que eu ganhava mais dinheiro naquele apartamento? Saudade da Esmeralda...

— Poxa, Luana, tá o maior calor aqui, chega mais pro canto, vai...

Abusada essa Karine. Mas, como era apenas um muxoxo, fingiu que não ouviu. E aproveitou para, com a bunda, simulando se virar na cama, jogar ela um pouco mais pra longe... Marcando território, claro. Como mijo de gata.

A porta da saleta se abriu e era o arauto, a Ana Letícia. Ia chamar alguém. Nessa hora, quem está acordada arregala os olhos, ansiosa por saber se é algum fiel cliente seu ligando. Quem está meio soninho, abre só os ouvidos.

— Tem um cara querendo sair com a Rebecca; ele diz que está passando aqui embaixo em cinco minutos e dá um toque no telefone... Esse eu acho que vai ligar mesmo... Quem pega?

Caçamba. Luana não conhecera essa Rebecca, mas imaginava que devia ser uma baita gostosa, pois quase todo santo dia tinha homem ligando pra sair com essa filha da puta. Por isso que a Suely, malandra, não tira a foto da sujeitinha do site. Há meses que ela tinha picado a mula do apartamento, mas a fotografia permanecia lá, digamos, imaculada. Dava pra ver que o corpo era bacana. O rosto fora borrado, como de costume, certamente por aquele fotógrafo gordo que ela também contratou há uns meses, e que tinha feito um ensaio de merda.

A Ana perguntou geral na sala, mas todas ali sabiam que, para substituir a Rebecca, tinha de ser mulata, como ela, e só tinha duas mulatas no apê. Uma era a Karine, mas ela nem se coçou, preguiçosa que estava...

— Galera, eu preciso de alguém pra atender o sujeito... Lívia? Vamo?

Lívia era a outra menina que faturava nas costas da tal Rebecca. Lívia não era mulata, era negra, magra, seios de astronomia, a investigar estrelas, mas bunda reta, uma tábua mesmo, embora sem estria nenhuma — como a maioria das negras, aliás. Ela se levantou, cheia de sono, esticou os bracinhos finos e foi se aprontar. Já estava deitada de roupa, como muitas ali, mas trocou a blusa e iniciou uma maquiagem apressada enquanto perguntava:

— Ana, o cara deu o nome? Telefone? Não é aquele babaca do Honda preto não, né? Confere aí... Aquele cara ninguém merece...

— Né não, esse bosta eu já reconheço pelo papinho...

Ana Letícia era foda. Profissional pra cacete a menina. Dona de um timbre de voz que faz muito curioso virar cliente e chegar lá embaixo na portaria de pau duro. A função dela é essa: atender as ligações, todas e sempre. A coisa funciona mais ou menos assim: seja qual for a puta por quem o cara pergunta, ela assume a personagem.

— Alô, por favor, a Jane está?

— Oi, amor, é a Jane quem está falando. Quem é?

Ou, então:

— Alô, quem fala?

— Quer falar com quem, amor?

— Quem está falando?

— Você quer falar com quem?

— A Adriana, por favor...

— Oi, é a Adriana, pode falar, gato...

E sempre com aquela voz dela, aveludada, sexy, requisito fundamental para conseguir vaga de telefonista num puteiro na Prado Júnior ou em qualquer canto de Copacabana. Em quase três anos na função, já assumira dezenas de nomes diferentes, tal era o rodízio aqui. É comum, nesses lugares, meninas do interior não aguentarem o rojão e voltarem pra casa correndo. Mas o que provoca mesmo o troca-troca de garotas são as brigas que acontecem pela difícil convivência de tantas em tão pouco espaço, a começar pela reforma agrária dos colchonetes, que nunca acontece. Mas briga-se por tudo num apê desses: é o vestido de uma que a outra usou, é programa preferido na TV, o batom que roubaram... Dinheiro... E até por clientes.

Ana Letícia tinha moral na casa. Criativa, chegava até a imitar a voz de algumas moças. Começara ali como uma delas, mas, relaxada, comilona, tardes e tardes dragando besteiras diante dos programas da TV, engordou tanto que não tinha mais como se oferecer com foto no site e, depois, nem como descer para atender alguém. Preferiu sossegar ao fone, e hoje só muito raramente, em dia literalmente de vacas gordas, quando todas as meninas estão na rua, se oferece ao cliente, como última fileira da tropa. E há sempre quem goste daquelas carnes fartas e brancas.

Desenvolvera-se ainda na arte de defender a todas nós dos tipos irritantes: adolescentes que ligam apenas pra zoar, drogados que mal pronunciam palavras, tarados que telefonam se masturbando, curiosos de toda ordem e afins. De vez em quando gostava de ir com Luana tomar um chope ali embaixo, num botequim. E a veterana — é, já podia chamá-la assim — se soltava a contar suas malandragens ao telefone. Dizia ela que, se o sujeito viu a menina no site ou leu anúncio no jornal, pouco importa. Seja qual for o canal de entrada, os comportamentos da clientela são sempre os mesmos, lecionava.

— Se ele inicia o papo com algo como: "Quero falar com a Daiara!", mas com voz meio alterada, de bêbado, procuro logo desligar. Até porque, se ele quiser mesmo, vai ligar de novo. Agora, se o cara vem com alguma educação, por menor que seja: "A Daiara, por favor...", é diferente. Eis um candidato mais sério a se tornar cliente de fato — enunciava.

Luana se divertia com as histórias de Ana Letícia em seu trampo ao telefone. Ela gostava de imitar, por exemplo, aqueles sonsos que, cheios de pudor e vergonha, fingem que ligaram por engano. "Alô, de onde está falando?"

Luana ria ao ouvir sua imitação. E a telefonista continuava:

— Os punheteiros eu saco rápido, ficam arfando entre as perguntas. Os policiais também. Estão sempre com voz de cheirados e são mandões...

Para Luana, ser amiga da Ana Letícia sempre foi uma vantagem estratégica no apartamento, claro. Era comum acontecerem ligações de clientes que não manifestam nenhuma preferência, querem apenas "alguma moça" no horário tal, lugar tal, pagando táxi. Ou, o que é bastante demandado, no horário de almoço em algum prédio comercial — geralmente pequenos empresários ou empregados que estão sozinhos no escritório. Nessas oportunidades, Ana podia, quando bem quisesse, blefar e, sem que as outras percebessem, chegar à sala dizendo:

— Luana, chamada pra você. Se arruma rápido!

Mas em geral Ana Letícia cumpria o papel de telefonista do apartamento com sabedoria e justiça ímpares, que impressionavam a amiga. Apesar da ligeira preferência por Luana, era confidente de quase todas e, por saber os problemas e as dificuldades financeiras ou amorosas que cada uma enfrentava, ia distribuindo os programas de forma equânime, a partir de critérios calcados na piedade e no bom-senso. Sábia Ana Letícia! "Eu distribuo o jogo, mais ou menos, como uma levantadora de vôlei junto à rede", gostava de se gabar.

Ana era mesmo uma enciclopédia ambulante sobre tudo o que uma jovem puta da Prado Júnior deveria saber ao se iniciar na chamada mais antiga das profissões. Muitas vezes, em raríssimas cervejadas animadas — e liberadas pela Sueli, isto é, Suely —, as meninas da casa a incentivavam a abrir um curso preparatório de putas. Ela ria da proposta e emendava mais um de seus ensinamentos, fruto da sabedoria das ruas e apês: quando o sujeito telefona e fala que quer "uma companhia", pode contar que tem mais de 50 anos. E a partir dessa idade, ensina Ana, a coisa mais comum do mundo é o cara pagar a menina e ficar só vendo ela dançar, na companhia preferida de um copo de uísque. É uma turma que pergunta muito, e quer saber tudo da vida da garota. "Mintam o máximo que puderem!", conclamava.

Nas primeiras horas da noite, todas as gafanhotas, sentadas sobre os muitos colchonetes da sala, riem espalhafatosamente a cada comentário de Ana, feito de longe, porta aberta, entre uma e outra ligação atendida. Luana imediatamente concorda com a amiga e, falando para todas, contabiliza: de cada dez caras com quem ela sai, são duas, no máximo três trepadas, trepadas mesmo. Ela se vira pras meninas esparramadas sobre os colchonetes. E todas, após alguns segundos de olhinhos virados pra cima, como se fizessem contas, confirmam que a proporção é sempre essa mesmo. A exceção, com certeza, devia ser a Rebecca. Com a fama que essa puta-filha-de-outra tem, ela devia fazer 9 entre cada 10 caras gozarem subindo pelas paredes, Luana pensou.

A neguinha que se arrumava apressada pra substituir o mito saiu excitada. Uma loura falsa cearense, que chegara ao apartamento havia uns dois dias, também. Como todas as demais estavam dormindo, Luana ficou ali, alternando sua atenção entre mosquitos e tacos do sinteco. A noite, pelo visto, não traria grandes emoções para ela. Nisso, abriu-se a porta da esperança, e Ana Letícia, delicadamente e em silêncio, fez um gesto em sua direção, chamando-a para a recepção. Luana se levantou e, com a leveza de um dogue alemão cruzando uma sala repleta de copos de cristal, foi evitando os muitos corpos sobre os colchonetes — um pezinho aqui, outro ali...

— Ihh, olha essa armação aí, hein... — reclamou uma das meninas, desconfiada de tramoia entre as amigas.

Luana ameaçou retrucar, mas foi impedida pela Ana, com um gesto de "deixa pra lá". Fecharam a porta e seguiram falando baixo:

— Ligou uma mulher... Você não disse que tinha vontade de experimentar? É a hora...

— Ai, Ana, será?

— Claro, menina, eu puxei bastante papo com ela: é jovem, acho até que é bonita... Ela diz que sim, mas nunca dá pra confiar em como as pessoas se descrevem ao telefone, você sabe... Mas parece ser da paz, gente boa, mulher-mulher mesmo, não é mulher-macho não... E ainda paga 150 pratas...

— Onde?

— Aqui em Copa, ainda por cima, Lu! Na Miguel Lemos, e paga o táxi e tudo. Vai nessa, garota. Aposto que você vai se amarrar... Pra variar um pouco, porra...

Decidiu que ia e, como a ocasião era especial, foi até tomar uma chuveirada. Passou creme, perfume, a blusa preta amiga de tantas horas, e lá foi ela. Nem o Juarez nem o Paulo Turco, os dois taxistas que tinham esquema com a Suely pra dividir as corridas, estavam na área, e teve de pegar um carro que passava na rua mesmo. É sempre melhor pegar taxista conhecido. Os outros sempre percebem a intenção da passageira e normalmente soltam gracinhas desnecessárias. Ansiosa pela nova experiência — sempre evitara esse tipo de proposta —, Luana esqueceu o papel com o endereço anotado e teve de ligar de celular pra Ana confirmar o destino.

Chegou ao prédio, e, mal o táxi encostou, o porteiro já veio com o dinheiro pra pagar a corrida. Que luxo! O edifício era bacaninha, mas nada de rico, não. Construção antiga, elevador barulhento, de porta pan-to-grá-fica — leu. Chegou ao oitavo andar, tocou a campainha do 802 e aguardou. Quem abriu a fez pensar que se enganara de porta... Pois era mesmo uma gata de tirar o fôlego. Bem morena, uns trinta e poucos anos, visivelmente sarada, com corpo de quem gasta algumas horas por dia na academia. Educada, convidou-a a entrar; dois copos de champanhe já a esperavam. Por rápidos segundos, ainda pensou: depois da noite de hoje, conforme fosse, poderia alterar o texto do seu anúncio na internet, incluindo a opção de também atender a mulheres.

A trepada provou-se maravilhosa. A tal morena gostosa realmente sabia como tratar uma puta. Depois do primeiro drinque, não foi nada ansiosa, aguardando a hora certa para começar a beijá-la. As duas se agarraram no sofá, depois no tapete, depois junto ao armário da sala, no corredor, antes de entrarem no quarto, boa parte da roupa já deixada pelo caminho, mas quase nada do tesão já posto para fora. Na cama, aí sim, se entregaram. Luana chupou muito a mulher, nunca tinha feito isso, mas experimentou fazer lembrando-se dos seus clientes que a chupavam mais gostoso. Imitou os caras e se deu bem. Começou a chupar como se a beijasse, e também a beijou, é bom que se diga, muito. Uma noite como poucas, e, na cabeça de Luana, uma paranoia que ia e voltava: estaria descobrindo ali, naquela noite, sua preferência sexual? Apagava os pensamentos e se entregava. Mas eles voltavam. Beberam licor, Amarula, depois jogado sobre o corpo delas, e sugado, ambas se lambuzando do doce prazer.

Já devia ser tarde quando as duas se jogaram sobre o lençol, exaustas, e, por algum motivo que ela não sabia qual, Luana achou que era hora de ir embora. Arrumava-se no canto do quarto, meio sem graça, meio com gestos pensados, como fazia com clientes do dia a dia, quando ouviu:

— E como está a Suely?

Como assim? Desde quando essa moça conhecia a Suely e sabia detalhes do seu apartamento?

— Você conhece a Suely?

— Claro, menina, eu já ralei muito naquele apartamento, sabia?

— Sério? Em que época? Qual o seu nome?

— Há uns três anos, ou quatro. Eu usava um nome de guerra em homenagem a uma amiga de infância: Rebecca.

Luana paralisou. A calça justa, de jeans elástico, interrompeu a ascensão pelas suas pernas grossas. Sim, era ela, Rebecca, o mito, a deusa, a mulher que todos os clientes queriam. A referência! Ficou sem saber o que falar, sem saber o que dizer, como reagir. Estado de choque. Que se espalhou pelo corpo e deu curto também no seu sexo. Na dúvida sobre o que fazer, decidiu dar mais uma, pulando de novo pra cama. Vem cá, gostosa!

* * *

Quando acenderam o primeiro cigarro, a pergunta era inevitável:

— Por que essa ideia de chamar alguém lá do apartamento? É alguma tara?

— Sei lá, vontade de ter contato com o que eu era, com meu passado — filosofou Rebecca.

— Sabia que até hoje ligam pra lá procurando você?

— Sério? Que delícia...

— Hoje eu entendi o porquê. Vou dizer... Você é muito mais maravilhosa pessoalmente que naquela foto do site...

— Pois é... Eu vi que ainda está lá... Aquela foto foi feita no meu primeiro ano trabalhando... Eu era muito magrela...

— E você largou a Suely por quê, posso saber?

— Um alemão, querida, um alemão...

— Casou?

— É. Tem dois anos. E estou morando lá, Hannover... Muito bonita a cidade...

— E você veio ao Brasil pra passear sozinha?

— Sei lá, saudade...

— Da família?

— Não... Nem tenho mais família direito. Saudade da putaria. — disse rindo. — De Copacabana. Da Prado Júnior... De gozar assim como eu gozei hoje, gozar sabendo que estou na putaria, sabe cumé?... Eu adoro isso...

— Entendi.

Anos depois, quando Luana juntou dinheiro suficiente pra comprar uma casa e voltou para Itaperuna, interior do estado do Rio, gostava de contar a amigas muito próximas essa história. Passar um tempo como puta na Pê-Jota é como viver a infância com os amigos do quarteirão, ou, para os mais abastados, o período dourado da juventude na faculdade. Dá saudade. Marca. Pra sempre. Ela falava de Rebecca às amigas e depois se sentia à vontade para emendar com suas muitas lembranças do apartamento da Suely. Queria saber por onde andaria Ana Letícia, por exemplo.

E aquela menina que falsificou documento e escondeu que era menor de idade? E a falsa loura cearense, que um dia levou dois conterrâneos pro apartamento, já de madrugada, pra desespero das meninas? Ah, quanta saudade. Tinham sido seis anos de putaria na Prado Júnior, sempre pagando em dia a cafetinagem da Suely. Algumas vezes, por brigas ou incompatibilidades, chegou a sair do apê dela, indo trabalhar em outros apartamentos da rua, mas depois sempre voltava — a vaga na sala sempre esperando. Seis anos! Uma vida...

Por isso que hoje, explica às amigas, mesmo casada e com filhos, sempre que pode mata a saudade daqueles tempos deixando o marido no quarto e indo dormir na sala. A desculpa é sempre a mesma: ver televisão. Mas a verdade é outra: faz-lhe bem passar uma noite de sono sobre um colchonete ordinário. Se sente viva.

Galetinho

Desde que tivera a filha, há sete anos, tudo ficou difícil — muito difícil. Não que não amasse a menina. Já do berço, iniciou a trajetória de mãe do tipo dedicada, cúmplice, carinhosa, entregue. Uma leoa, como dizem, principalmente quando alguém lança algum olhar lobo-guará para a pequena. Na visão difusa e ciumenta dela, toda curiosidade é de gavião. Foi tudo isso ou esse pouco o que imaginei quando vi aquelas duas, mãe e filha, sentadas no balcão do braseiro mal-ajambrado de Copacabana, mas que serve um galetinho de primeira. De início, apenas estranhei, como qualquer um estranharia, ver mãe e filha na noite de sexta-feira, tão tarde, num bar. Ela vestindo roupa propositadamente provocante; a garota com olhar distraído, quase vesgo, sob lentes grossas de uns óculos que lembravam as antigas armações de tartaruga, apesar do design pretensamente arrojado.

Eu sempre odiei óculos metidos a peça de arte, óculos-publicitários, óculos-Baixo Gávea, sabe? Óculos de quem quer menos enxergar e mais ser visto. Óculos-panfleto. Eu preferia os modelos sóbrios e tradicionais, armações douradas, lentes quadradas, simples. Foi justamente com a ajuda de um desses, comprado numa lojinha do Catete, que pude observar a mãe, nitidamente aflita, bebericando tulipas de chope — e não conseguia esconder que o fazia economizando os goles. Microgoles. Só não sei dizer se fazia isso para não gastar muita grana ou, outra suposição, tentando não ficar mais bêbada que a companhia da menina permitia. A filha, por sua vez, também estava irrequieta, escancarando a janela da boca (o par de dentes da frente caíra) para reclamar de tudo, negar tudo, fazer manha, chiar, enfim, chamar a atenção. Eram vinte e duas e trinta. E eu ainda na primeira sobrecoxa do meu galetinho bem-passado...

Chegara à minha mesa o segundo chope quando vi a mãe chutar o balde, ou, sendo mais preciso, afastar a tulipa, levantando-se abruptamente, o que fez com que a cadeira gritasse no assoalho. Garçom, solicitou a mulher, dá uma olhadinha nela pra mim — depreendi eu, e quem quer que a olhasse, quando piscou uma das pálpebras malpintadas e, com a ponta francesinha da unha do indicador da mão direita, riscou uma linha imaginária entre seu olhar apreensivo e algum ponto além, mais abaixo, escolhido sem precisão na face inocente da criança. É, passara o bastão.

Seguiram-se alguns minutos de apatia. Ela saindo do bar; a menina virando o pescoço e, conformada, como se acostumada com o abandono, foi logo tentando tomar as rédeas indomáveis da situação: "Eu quero uma Fanta Uva!", disse ao serviçal, cheia de decisão, com voz de filha temporã de senhor do engenho. Talvez iludida pela felicidade de pensar que a mãe lhe presenteara com momentos de liberdade. Mais ou menos nesse mesmo instante chegou à minha mesa solitária a companhia de um amargo pão de alho e uma porção de coração de galinha, mirrada.

Noite de Copacabana que seguia com alguns gaiatos ambulantes que, nessas horas, sempre se aproximam — uma chinesa carregada de penduricalhos eletrônicos com menos de meia página no vernáculo do Lácio e um mulato hippie e magro arrastando colares e pulseiras foram os acasos de maior emoção que interromperam os meus seguidos goles nas tulipas de chope semigelado, com pouca espuma, argh, e muito gás. Sexta-feira de bosta, pensei.

Galetos são sempre iguais, porra!, eu já irritado. E esse também era. Bem-passado, claro, porque pedi assim, para que as pontas dos ossos da asa pudessem ser facilmente mastigadas, sem força, sem medo, para desespero do meu estômago, este incansável gerador de dores e incômodos, esta fábrica de azias. Enfim, idiotices que passam na cabeça da gente quando não temos asas para voar, apenas para morder.

Ossos de galetinhos acabam assim: trucidados. E eu adoro isso. Se a noite não anunciava voos maiores, restava-me intercalar suculentas mordidas na carne branca do peito com curiosas investidas de olhar na mesa vizinha. A pirralha virara a melhor diversão — quase cinema, pois me fazia imaginar roteiros rocambolescos. Parecia-me incontestável a versão de que aquela mãe era uma puta que, sem ter com quem deixar a filha para cumprir seus programas, contava com a colaboração do bar amigo, do garçom de tantas noitadas. Que a cena era estranha, isso era — já às vinte e três e vinte. A mãe sumira. Deixara seu tesouro numa mesinha de dois, sob olhares escassos de um garçom atarefado. E a menina ali, sentada. De olho nas minhas asas. Com asas de olho também.

Interpelei o cidadão:

— Irmão! Vem cá... A mãe dessa menina aí foi embora?

O olhar do cearense ameaçou arregalar, como se de novo visse o mar de Copacabana pela primeira vez. De relance, o tal garçom me passou em revista, das entradas na testa ao peito semiapoiado na mesa do botequim. Certamente queria descobrir quem perguntava. Profissional de salão, soube se alinhar rápido, limitando-se a dizer, firme:

— Ela foi trabalhar.

E se virou, num misto de "não se mete nisso" e "deixa pra lá". No fundo, deduzi, queria que eu me aprofundasse no assunto.

Pois mergulhei. Mordi a isca.

Esperto esse garçom! A história, óbvio, renderia outro galetinho. E mais três ou cinco chopes. E bota dez por cento nisso... Sendo ou não caô do nordestino resolvi que aquele seria o roteiro para a minha noite: descobrir a história verdadeira daquela mãe que deixa a filha sob a tutela de um garçom.

Aqui preciso dizer uma coisa: chopes me empanturram. À noite, nunca passo de seis. E coincidiu que naquele exato momento veio aquela vontade de abandonar a cevada e salivar um destilado, segundo tempo do ritual etílico-solitário. Pedi então ao ceará uma caipirinha. "Ceará não. Parahyba", ele corrigiu.

Marrento esse cabeção.

Levanto e decido, sei lá por quê, tomar o drinque no balcão.

Nisso começa um novo momento da noite, pois adentra ao recinto um casal sinistro. Ela puta, com certeza, ou a um passo de... Ele algo bem parecido com a descrição clássica que se faz de um policial da 12ª DP, ou então com a de um "cafetão latifundiário dos quarteirões da Prado Júnior e da Atlântica". Ou, bem mais provável, *both*.

Entraram rindo, espalhando braços, pernas, ruídos. Ambos, digamos, meio arqueados, nitidamente biritados, com certeza. Grau dez. Tanto que, ao estrear na cena, quase tropeçaram numa cadeira vazia, e foi aí que o garçom veio e lhes apontou a pirralha. A puta desplugou radicalmente a euforia e, se aproximando da lapela rosa do amante canastrão, comentou alguma coisa, que não ouvi, e em seguida ensaiou fazer um gracejo no cabelo da garota, sendo energicamente repreendida pelo macho. "Vem!", ordenou.

O puxão do brutamonte levou os dois a se sentarem à mesa em que eu estava, e vi quando pediram chope. Preto!, veio o aposto dela, microssegundos depois. Não tinha. Vodca então. A mais barata, não falaram, mas saquei. Qualquer uma terminando com K. Como as russas. Quá-quá-quá, riram. E eu ainda K com meus botões.

Chegou a caipirinha. Mal terminei o primeiro giro do canudo no copo, já me arrependia do pedido. Caipirinha, caralho, a esta hora? Mas continuei a tomar. E a pirralha ali, sem saber, mas a me incentivar. O que aconteceria depois? A que horas aquela puta viria buscar sua rebenta?

O segundo galeto chegou logo. Decididamente, dali não sairia. Precisava de mais galetos, mais caipirinhas e, principalmente, mais respostas. Quem era a pirralha? E esses dois, o casal sinistro? A menina era mesmo filha da mulher? Do casal? Do garçom? Todos se conheciam? A mulher era mesmo puta? Tinha mesmo saído do bar para fazer programa?

Ah, *voyeur* das madrugas, é o papel que me resta, pensei, no exato momento em que uma ligeira poeira branca, flutuando ao fundo do copo, me fez suspeitar que tinham posto açúcar na minha caipirinha. Deixei de lado o drinque e, trêbado, me movi até o garçom que de tudo sabia, certamente o culpado, mordomo dessa festa de mistérios. E entreguei de bandeja meu grau etílico. Cara, tenho duas coisas pra te falar. Primeiro: que viagem, a mulher sai assim e deixa a menina sozinha na mesa do bar... Cumé que pódi? Outra coisa: eu não tinha dito que a caipirinha era sem açúcar? Tá com açúcar, porra...

Vou dar um jeito nisso, ele disse.

Na caipirinha ou na garota?

Foi nessa hora infeliz que o álcool, correndo nas veias, me fez tomar uma daquelas decisões das quais, anos depois, ainda celebramos pelo arrependimento. Resolvi que me sentaria ali, na mesa da garota, que compraria batata frita e Fanta Uva à vontade, que iria à banca da esquina escolher uma revista de criança, um gibi da Mônica (ainda existe Mônica?), sei lá... Eu precisava entreter essa pobre criança de algum jeito e me sentir útil ajudando a infeliz...

Mal me sentei e senti de longe o olhar de repreensão do garçom. Como o galeto, esse olhar-defesa dele também estava preaquecido, pensei, esperando a brasa. Caguei para as regras e para os espetos e tentei iniciar com a criança uma conversa amena, inocente e sutil:

— Oooooooiiiiii! Tudo bem?

É fácil imaginar: eu, com aquela voz idiota que a gente incorpora quando quer se fazer entender por uma criança... Isso somado ao timbre que nos infligem os porres.

— E aí?? Tá sozinha? Cadê sua mãe?

— Senhor...

O som grave e carregado veio da esquerda, e de largada não o reconheci. Ao me virar, vi que se tratava do garçom. Ele mesmo, o cabeção, o Parahyba... Mudara completamente o tom e a colocação da voz ao me interpelar. Chamou-me também a atenção que o casal — aquela puta e o pseudodelegado, lembram? — estava de pé novamente, *shots* de vodca com K na mão, frenéticos, assistindo com interesse à cena da qual, concluí, eu era o protagonista, só não sei se herói ou vilão.

— Será que podemos conversar ali fora? — disse o sujeito com roupa de pinguim.

Pude concluir que estava numa fria de alguma espécie. Até pensei em dar uma de cliente que "sempre tem razão" e ignorar a convocação do cearense... Mas, sei lá por que motivo, quando vi estava, novamente com aquela voz idiota, dando tchauzinho para a garota de óculos com lentes grossas e saindo do bar...

Mal iniciei o trajeto, dois ou três passos, percebi que o casal, terceira ou quarta dose de vodca na mão, nos seguia, a mim e ao garçom. Sim, teríamos uma microconferência na esbórnia da Prado Júnior.

— O que foi? Posso saber? — Saí logo perguntando.

— Senhor, desculpe, mas o senhor marcou alguma coisa com a mãe dessa criança? — quis saber o Parahyba.

— Arrá! — exclamei. — Eu sabia... — Iniciei meu discurso, fazendo da calçada palanque. — Era isso mesmo de que eu suspeitava. Logo vi... Quer dizer que aquela mulher é puta e deixa a filha aqui no bar enquanto vai atender seus clientes, né? Que absurdo! A que ponto chegamos... O mundo está acabando mesmo, francamente, meu amigo... Olha, eu vou ligar agora mesmo para a secretaria da infância e da adolescência e denunciar essa pouca-vergonha. E nem tentem me impedir! Os senhores, os três, são cúmplices desse crime, de maus-tratos àquela pobre criança...

— Meu senhor... — polido, o garçom tentava me interromper.

— Não, eu não estou bêbado não... *Ok*, eu bebi um pouquinho, mas esse absurdo já me trouxe à realidade, sabia? E a realidade é suja... Estou realmente enojado...

— Meu senhor...

— Nem vem que não tem, meu amigo. Eu vou denunciar vocês sim. E agora! — Eu já ensaiava uma saída de cena, inflado pela minha posição de paladino e arauto da moralidade, quando a mão forte do pseudocafetão policial me interrompeu:

— Meu irmão, tu marcou alguma coisa com a Dora ou não marcou?

— Eu? Com a Dora? O senhor acha que eu venho aqui pro bar pra encontrar putas que deixam a filha sozinha na mesa para atender clientes? Mesmo que eu tivesse marcado, saiba que eu estaria desmarcando a-go-ra! Nunca iria compactuar com uma coisa asquerosa dessa...

— Meu senhor...

Era o garçom de novo.

— Acho que o senhor não tá entendendo.

— Como não estou entendendo, meu ami...

— Meu senhor, a dona Dora não é puta e nem está atendendo ninguém.

— Ah, é? Já sei, ela é freira e deu uma saidinha pra servir o sopão dos mendigos do bairro, rá-rá...

— Senhor, me ouve, cacete...

Resolvi dar um tempo ao silêncio, uma chance ao Nordeste.

— A Dora está em casa, vendo televisão, pode apostar.

— Sei...

— Mas o que eu quero saber é se o senhor marcou alguma coisa pra ela — disse o serviçal, esticando o queixo em direção à quatro-olhos. — O casal aqui vai levar a menina pra casa deles daqui a pouco, mas se o senhor quiser pode pegá-la mais tarde e fazer um programinha com ela... O acerto é comigo, *ok*?

Desviei-me de todos rispidamente, sem dar chance a recuos, e fui embora pra bem longe. O vômito dos covardes era questão de minutos.

Alguma hora, não sei qual, cheguei em casa.

Abri a geladeira. E, agora sei que, pela primeira vez, vi uma Fanta Uva.

Com os olhos tristes de quem não consegue mudar o sabor das coisas.

Sexo, mentiras e DVDs

A porta do elevador se fechou, e ela voltou à insignificância da tarde. Saco. Perdera uma chance de ter conversado mais, lembra? Ficado íntima...

— Desde aquela época você estava reparando nela? — perguntei, num *dial* entre idiota e incrédulo.

Estava, ela disse. E continuou a destilar seu fascínio.

Eu, cismado que sou, sempre achara estranha muita coisa nessa mulher do quinto andar. No fundo, agora posso dizer, há tempos soubera que não valia nada, que era puta. "Vadia!", aspas minhas.

— Mas queria comer desde quando? — avancei.

(...)

— Sabia que ela era puta... — lacei o silêncio, disparando a frase como reflexo de perna a cutilada certeira de médico no joelho. Saca? Cutilada no joelho? Mas só conseguia pensar em sacanagem... Eu sempre adorei joelho de mulher...

* * *

Conversa de marido e mulher na cama é assim. Com o abajur por testemunha, é essa a hora em que os casais ficam ainda mais nus do que durante o sexo — rito que prossegue numa cartilha papo Darwin: evolução das muitas espécies de conversa. E dia após dia dá-se à luz algum diálogo neurótico e interessante. Alguém já disse que o segredo do casamento eterno é nunca apagar a luminária brigado com o parceiro, ou parcei...RÁ! Mas o curto-circuito verbal nesse dia era forte.

Estavam em crise. Sim. “Vixe”, diria aquela prima dela engraçada, e gostosa, de Maceió, ele costurou. Quieto.

Apesar da penumbra, a situação não era mesmo nada católica, mas sim caótica: ele, o macho, descobriu que ela, o sexo frágil, está trepando — como é mesmo que se diz? Lavando roupa pra fora — com outrem e traindo a sacrossanta aliança conjugal. Isso, trepando direto, muito, a rodo e, pasmem, ali mesmo, no condomínio. Mas o pior de tudo é o nome do suposto ricardão: Denise. Isso, uma ricardona!

Merda. Nada mais terrível e humilhante do que ser traído por mulher, confessou ao melhor amigo no pior e mais sujo botequim que encontrou na ala moribunda do centro da cidade. Bebeu, bebeu, bebeu e concluiu que essa é mais ou menos a mesma lógica idiota (mas invertida) que “maridos casados” arremessam no divã ao justificar visitas fortuitas a travestis torneados. “Eu chupei o pau de uma gostosa”, dizem ao chuveiro, sabão numa mão, bíblia na outra.

Ali, em plena discussão de relação, agora, veloz, só conseguiu gritar, com braços e pulmões: “Você me traiu com uma mulher!!!!????!!!!!” e três pontos. Santa indignação, diria Robin, aquela bichona!

Tudo bem, pensou, não era esse o x (de xana, xavasca, xena) do problema. Devia era se concentrar na traição em si, nos problemas da vida a dois que levaram a esse momento conturbado, certo? Repensar as carências das duas partes, a frustração dos projetos individuais nunca efetivados... MERDA! Nem consegue se deixar conduzir pelo psicopoliticamente correto da história... Está puto mesmo, ultrajado, humilhado, corneado por uma fêmea, caralho... Arghhhh! É preciso um tribunal idôneo para cuspir essas culpas; uma escarradeira para confessar suas cáries de insegurança mais cavernosas: ou seja, outro botequim.

Tripudiou até lá, entre dúvidas e doses de cachaças. Mas chegou. Vieram duas "du barril" e uma cerveja democrática — para encher o copo dos cúmplices de balcão. Entre eles um casal emburrado, que foi embora puxando pelo braço a filha que não deveria estar ali àquela hora, e que usava óculos de lentes grossas, e que parecia não querer ir pra casa. E também aquele nada famoso ator de teatro, que sempre cola cartaz na parede e gruda na gente pra falar de política e futebol. E outros tantos... Desce então aquele armistício dos caras "gente boa", a popular "rodada por minha conta" — e que venham todos comungar do conforto comum aos míopes obstinados. E otimistas — só até o último gole. Ou o penúltimo. Vai resolver todas as dúvidas do mundo — e do seu casamento — nessa noite de porre? Você sabe que não. Mas bebe. Decide que o melhor é solucionar cada copo. Um de cada vez. Sorve.

Quando voltou pra casa, aquele mesmo abajur estava aceso. Dia seguinte nascendo, oquei, mas o mesmo abajur ligado... Isso devia ter, sim, algum significado... Mas qual? Seria a última luz no fim do túnel-corredor? É, estava mesmo bêbado, fazendo construções e metáforas de quinta. Mas era terça.

Queria conversar. Mas como assim? Se quem sempre "conversa" são as mulheres? Mas ele queria. Queria mesmo. Olhava aquele corpo agora mais perfeito que antes da traição, agora mais atraente, mais gostoso, mais inalcançável, muito mais desejado, e concluía que precisavam falar *sobre*. Merda, engoliu de novo. Tudo bem ter tido sua testosterona disparada pelo ciúme, mas não admitiria empunhar um pau duro pela perda da mulher para um sapatão. Afinal, por quem estava com tesão? Pela mulher? Pela puta pegadora? Pela constatação de que fora superado por outra buceta?

"Grosso", ela disse. Putz, ele tinha pensado alto! Cachaça de merda. Ela resmungara em tom de salão, sim.

Podemos conversar?

Claro que não, são quatro e meia da manhã. Daqui a pouco vou trabalhar.

Merda também essa pressa das mulheres modernas. Elegantésimas. Chiquésimas. Cheias de compromissos, celulares, cheias de vícios... Mulheres de hoje. Mas e o seu esperma? Como é que fica?

Picas.

Merda de novo. Ele tava mesmo muito bêbado e quanto mais deixava o pensamento correr, falava mais e mais "merda", repetia. Em alto e bom som. Resolveu apaziguar e se deitar. Silêncio. Silêncio de merda! *Ops*...

Fala um monte de merda e dorme?

Sabia que ela ia perguntar.

Você me traiu com uma mulher, caralho!

Não era uma mulher, era uma puta, caçamba, e eu só fiz um programa. Um programinha... Não é assim que vocês, homens, dizem?

Processou rápido, mirou a quadra, e rebateu. De *back-hand*:

Como assim? Não desconversa, Adriana... Não vem com desculpa esfarrapada, não vem reproduzir aqui essas baboseiras da Alice. Quer saber? Tô de saco cheio dessa tua psicanalista, sacou? Tira ela da nossa cama, porra...

Nossa, há quanto tempo queria falar isso...

E tem mais... Eu quero saber tudo! Agora que você me contou, quero saber tudo...

Era só o que faltava! Você querendo conversar sobre traição... Babaca, mesmo! Já disse: foi apenas um programa, Rafael. Comi uma puta, cacete. Vai dizer que, nesses doze anos de casamento, você nunca comeu uma piriainha, hein??? Nunca?

O abajur, sei lá por quê, apagou. Sincronicidade? Não. Falta de luz no bairro mesmo. Ou lâmpada velha. Mas a coincidência, apesar do breu, reluziu como sinal. Luz vermelha na sua testa. Fudido, você.

Fala... Você nunca teve uma noitada com uma puta dessas aí da rua nos nossos doze anos de casamento???, disse ela assim mesmo, numa dessas perguntas que soam como se fossem mesmo três os sinais de interrogação...

Nesse momento a adrenalina queimou parte do álcool nas suas veias, e no quarto escuro veio um lampejo de pseudoconceituação: em horas críticas você sabe que costuma reagir divergindo o foco da cabeça. O simples fato de ouvir aquele "doze anos" imprimiu nos seus neurônios um *layout* em branco e o fez viajar para a ideia da decantada crise dos sete anos nos casamentos. A dos quatro. A dos dez. Doze? Por que não? Não se lembrava de ter passado por isso. A primeira crise, lembra, foi no fim dos primeiros sete dias, não? E riu pra si. Mais uma vez, obrigava-se a buscar refúgio em algum pensamento ao processar isso... Ela sempre te diz que é "fuga"... Deve ser mesmo. Fugiu.

Rafael, tô falando com você!!! Não se faça de desentendido!!!

O abajur ainda apagado. Aliás, o bairro todo. A chama do casamento também.

O escuro o incomodava. Muito. Queria olhar a cara dela, mesmo nesse momento de digressão. Aí, exatamente nessa hora, foi quando ela te deu aquele tapa.

Tapas são mais barulhentos no escuro, ainda conseguiu concluir, antes de voltar a própria face esbofeteada na direção da esposa. Mas não deu a outra.

Adriana, pelo amor de Deus, cacete, não me venha com essas suas loucuras da madrugada! Odeio TPM de mulher...

Homens também sabem ser cínicos, por mais que a falsidade seja, na essência, um DNA feminino. Um cromossomo cor-de-rosa.

Ah, Rafael, deixa pra lá então. Quer saber? Foi você quem me acordou e veio com essa conversa mole. E sabe o que mais? Dei, dei sim, dei mesmo pra essa piranha aí do quinto andar, e dei gostoso, tá bom? Fui lá e fudi com ela pra caralho, tá ouvindo bem? Gozei muito, coisa que você não faz comigo há meses... E aposto que você queria comer ela também...

Os últimos fonemas soaram como choramingos. E ela se virou de lado, como que buscando esconderijo no travesseiro dobrado, tal qual o pão de forma que ela quebra pra abraçar queijo de minas curado nas semanas de dieta... Nada te irrita mais do que isso. Não, não tá falando do sanduíche. Nada te irrita mais que o corte abrupto que mulheres gostam de dar no "momento sinceridade" que têm com seus homens de tempos em tempos.

A cena seguinte, se novela fosse, era você se levantar e acender o abajur para uma conversa séria. Mas não tinha novela, caceta. Nem luz no bairro! Nem Manoel Carlos, Gilberto Braga, nada... Aliás, se novela fosse, hoje não faltaria luz. Um saco esse troço de vida real, em que a gente é o contrarregra do próprio erro.

Eu não acredito nisso, Adriana... Foi o grito imediato. E soou idiota, muito imbecil.

* * *

Levantei-me da cama num salto, quase em posição de luta marcial. Minha intenção era mesmo de briga. Porrada! Adriana se virou, levantou o dedo em riste e disse:

Olha, se você continuar com essas besteiras, eu vou jogar esse abajur de louça chinesa da sua avó em você!

Ah, que belezinha... É só o que falta: me trai com a puta safada do quinto andar e quebra o abajur chinês da minha avó de madrugada, com certeza na minha cabeça, uma belezinha, um dia perfeito, devolvi, quase em tom de chanchada.

* * *

Foco, foco, Rafael... Caçamba. Mal pulou da cama, seguiu em disparada para lugar nenhum e, *brupt*, tropeçou na própria calça jeans que largara no caminho. Aprumou-se sem perder (ainda mais) o estilo, e foi até a janela. É. Estava escrito no roteiro da sua trama pessoal: "foi até a janela e acendeu um cigarro...". Riu pelo canto da boca, um gracejo quase Mutley. E seguiu o script, sem caco. Puta bosta, merda de conhaque, essa mania que te destrói. Merda de cachacinha mineira que o garçom trouxe lá de dentro com aquela conversa de sempre: "Esta o senhor não conhece!" Merda também de calabresa acebolada, merda de chope saideira no Cervantes... Merda repetir sempre a via-crúcis da madrugada sem rumo... Na Prado Júnior, Via Ápia da perdição...

Lógico que não contaria pra ela. Mas gostou de pensar que, instigado por um espírito puramente vingativo, terminara na horizontal o seu cortejo de drinques, horas atrás, na PJ... Ah, a Prado Júnior... Grande Pê-Jota! Deu então uma baforada nojenta, arremessando a fumaça em direção às estrelas perdidas — sempre faz isso, brincar de construir outras "nebulosas". E se regozijou num sorriso sórdido e largo. Um sorriso constelação. Fora lá de sacanagem mesmo. Pra se sentir mais macho, mais forte, sabe lá... Comeu não uma, mas duas putas. Por um instante pensou em se virar e arrotar isso contra ela... Jogar na cara... Mas melhor não.

Conteve-se. O pensamento foi ao céu de novo. Jogar na cara... Tinha gozado mesmo era na cara de uma das putas... Que merda... Tinha usado camisinha? Tinha. Ufa. Ela que sacou, aliás. Coldre de puta. Lembra da musiquinha? "Cinto de mil e uma utilidades..." Bem, se verdade fosse que a Adriana só tinha dado uma trepadinha com a putana do prédio, o conforto machista e aritmético era: apenas naquela noite, ele já fora infiel duas vezes mais... Duas numa noite... Abaixou a cabeça, procurou estrelas no chão e jogou o cigarro fora. Vitorioso. Infeliz. Nessa ordem.

Vou dormir. Disse alto.

Algum silêncio.

Amor... Ele ouviu. Uma voz, fraca, hesitante, que vinha abafada pela fronha.

Ela estava acordada, e a frase tinha melodia de carinho. Era a brecha para o reencontro... Atalho pro esquecimento... Pro perdão. Pensou rápido que poderiam até, quem sabe, fuder. "A terceira!"

Sórdido assim, abraçou a mulher pelas costas, abraço-colher, abraço-conchinha... E saiu da boca-mau-hálito a dose que julgou exata pra vacina, direto da bula da provocação:

É difícil pra mim esquecer isso...

Caralho. De novo? Ela tentou se afastar, mas ele enrijeceu bíceps e tríceps, quase o corpo todo, corpo jiboia, para mantê-la quase estrangulada em seus braços.

Veio à cabeça naquela hora um documentário norueguês, bacana... A que assistira numa dessas entediantes noites de segunda na TV. Documentários são como paulistanos... Por definição, chatos; mas quando são legais, são legais pra caralho!!!

Riu de novo sozinho. Ainda apertando-a.

Decidiu-se pela paz.

Ok, amor, vamos esquecer isso, tá bom? Vou abandonar meus preconceitos de macho latino e superar tudo isso... Vamos passar uma borracha nesta história...

Ai, que bom, meu Moriquinho (ai, é assim que ela te chama, desde o namoro, mas não era pra ela falar aqui, neste conto...), vamos esquecer tudo... Eu ainda sou toda sua... Tá?

E foi, cheia de dengo, em direção ao pescoço do Rafael.

Hummm... Tá cheirosa... Vamos sim passar uma borracha nisso... Vamos combinar nunca mais tocar nesse assunto, tá? O que passou passou, você ficou com tesão, foi lá e comeu a Laura, tudo bem, vou passar uma borracha nisso tudo, amor... Prometo...

Silêncio.

Dito isso, você ficou esperando uma resposta carinhosa que não veio.

O que veio foi a cortina final.

Como assim, Rafael? Laura? Você sabe o nome dela???

* * *

A luz até voltou.

Mas o abajur não existia mais.

X, xis, X

Não vejo mais mulheres com lenço e *bobs* no cabelo. Elas sumiram, engraçado. Era uma cena de rua bem comum, como já o foram os leiteiros, os garrafeiros, os amoladores de faca. Estes eu vi nos livros, aqueles de capa dura, e fotografias gastas, do tempo em que ninguém sorria pra câmera. Mas as imagens de que sinto mais falta são as daquelas senhoras de meia-idade com lenços de estampas coloridas a cobrir jubas preciosamente preparadas, que apenas no vão entre a testa e o lenço, ou por trás das orelhas, permitiam que víssemos os rolinhos de plástico, azuis, verdes, cor-de-rosa... Não vejo mais isso por aí. Lembro que eles, os *bobs*, eram caçoados e tachados como trecos de mau gosto, mas, ainda assim, compareciam às ruas, soberbos e indiferentes. Até porque olhavam sempre de cima, sobre as cabeças, e por frestas. Hoje, não sei bem por quê, sumiram. Sem deixar paradeiro.

Vivo minha vida assim, a suspeitar de destinos e paisagens. A enquadrar filigranas, a repaginar, na cabeça, cada ambiente a que chego, onde boto os pés — e as mãos, principalmente. Sou fotógrafo. Um chato insatisfeito. A imaginar sempre um mundo muito melhor. Capto o que alcanço, sempre em busca daquilo que não vemos a olho nu. Complexo, não? Por esta definição, é fácil concluir que sou um cara que me levo a sério. Esse sou eu. Uma tentativa. Uma só. Muitos cliques, mas uma tentativa só.

Na minha vida profissional, corri atrás de uma carreira sólida em jornais, em revistas semanais e até no mundinho das celebridades e da moda... Bati aqui e ali. Não sou medíocre, garanto. A sorte, essa medida, é que não sorriu pra mim. Não disse "Xis". Aí foram pintando os bicos, os frilas, pois a gente sempre se arruma, e em terra de caolho quem é cego tá fudido, certo? Até chegar o dia em que enxerguei uma chance de ser o tal. Pois, mesquinhos, todos nós gostamos de nos sentir assim, com alguém sobre quem ordenar. Eu não sou diferente. Pequenos poderes são capazes de adocicar a boca de qualquer um, em qualquer posição social, como motobóis que almejam a chefia da expedição. Ou pedreiros que rogam pragas ao mestre de obras. Ministros que cobiçam a presidência. Tudo areia do mesmo saco. A ambição.

Como *free-lance*, poderia até não querer nada além do próximo telefonema, a chamada seguinte. Era pago pra olhar, e para registrar meu ponto de vista, seja de onde e do que fosse. Mas a maré andava braba e, sem melhor saída, me interessei quando soube da oportunidade de ganhar algum fotografando meninas para um *site* erótico. Foi bem sem querer: numa roda de amigos, conheci Plínio, crianção de vinte e tantos, que ainda morava com a mãe, cega, e fizera no terraço do apartamento, em Copa, escritório e estúdio de seu *site* pornô. Uma ideia simples, que ele foi aperfeiçoando. Não cobrava nada das meninas, só dos visitantes na Internet, que pagavam mensalidades para acessar o conteúdo completo das fotos, a chamada área exclusiva.

Meu trabalho é fácil. Sempre que alguma garota procura o *site* pra anunciar, Plínio me liga e marca as fotos. Ganho uma porcentagem das assinaturas, que não é merreca, e com o tempo e o conhecimento das putas comecei também a fazer uns trabalhos pra revistas de sacanagem, ou mesmo sessões especiais de fotos pra garotas que anunciam em *sites* mais encorpados e internacionais. Além disso, é claro que tem o salário indireto. Dá pra comer uma ou outra menina de graça. E, acredite, fiz até duas ou três amizades bacanas, umas piranhas de cabeça boa, sabe? Bom papo...

Pra não dizer que tudo são flores, o lado ruim da coisa é que o *site* tem também áreas de homens e travestis. E óbvio que também fotografo essas figuras. Homens aparecem poucos, mas travesti é uma praga no mundo pornô. Os acessos ao *site*, aliás, atestam que há mais clientes que acessam pra visitar a página de travestis do que a de mulheres. Outro dia mesmo Plínio veio até com um papo de a gente comprar um equipamento e começar a produzir uns DVDs pornôs de travecas. Ele me contou que filmes de bonecas brasileiras são pule de dez no mercado internacional, o tal negócio XXX. Eu gosto dele, é um cara sério, que se cerca de todos os cuidados legais e autorizações antes de botar qualquer menina no *site*. Mas fazer filme... Vamos ver... Além de fotografar, vou ter de filmar esses travecões? Sei não, fiquei de pensar...

Na sessão de fotos acontecem coisas engraçadas. As travestis, aliás, tenho de reconhecer, são as mais divertidas. Essa semana mesmo uma delas veio com uma brincadeira de perguntar por que fotógrafo antigamente era chamado de lambe-lambe. E fez isso balançando a coisa dela pra mim, sabe? Mas foi brincadeira, depois de alguns *shots* de conhaque que ela tomou pra relaxar.

Já vi de tudo aqui nesses quase seis anos de serviços prestados ao mercado da putaria. E não é mito o clichê romântico da menina que chega do interior, quase ingênua, e que hoje virou madame grã-fina na Europa, aonde foi morar com algum gringo endinheirado. Já assisti a esse filme repetidas vezes, como se alugasse a realidade na locadora. Mas erra quem pensa que toda puta se arruma na vida. É mais ou menos o mesmo equívoco de supor que todo jogador de futebol é rico. A grande e esmagadora maioria das meninas que vi passar por aqui deixou as ruas e os programas pra voltar pra mesma vida de merda de antes, num bairro qualquer da periferia do Rio, ou numa cidadela longe daqui. Como que inconscientes dessa estatística que lhes é desfavorável, muitas simplesmente relaxam, esquecem os planos e vivem alguns meses ou anos de muita farra, sexo e consumo, gastando tudo que ganham em roupas e badulaques. São as que chamo de "as porra-loucas".

Há ainda o grupo que batizei de "as obstinadas". E é fácil reconhecê-las. Em geral são mais sérias, como se carregassem na expressão uma tristeza profunda de estarem passando por tamanha provação. Chegam a Copacabana com uma meta de futuro traçada, assim como emigrantes de Governador Valadares que rumam pros Estados Unidos com um projeto de vida sistemático e pensado. Pela certa intimidade que conquisto com as moças nas sessões de fotos íntimas, muitas acabam me revelando não apenas seus corpos, mas bastante de suas personalidades e da forma como encaram a prostituição.

E as obstinadas são impressionantes. Exercendo uma fixação evangélica, repetem seguidas vezes a quem quiser ouvir que vão ficar na putaria não mais que três ou quatro anos, tempo suficiente pra comprar uma casinha lá no seu deus-me-livre natal e retomar a rotina de antes, ou a "vida direita", como algumas dizem. E um expressivo número delas cumpre mesmo essa promessa, que roga para si mesmo ao fim de cada trepada. Em geral, são fodas ruins, frias na cama com os clientes. As mais inteligentes, porém, logo raciocinam que a equação da vadiagem é simples: quanto mais agradar fudendo, mais rápido vai conseguir juntar a grana que planejou. Freguês satisfeito volta ao balcão.

Há várias outras classificações em que dividi as putas de Copa, e posso citar "as viciadas", que desaparecem rápido, ou "as ratas" — ladras que assim ficaram justamente por pertencerem ao grupo anterior. E temos ainda as garotas "alarme falso", que somente pelo olhar na sessão de fotos já dá pra sentir que não aguentam um mês inteiro na pista, e somem, pra nunca mais aparecer ali. Volta e meia estou andando por algum lugar, como o centro da cidade, e cruzo com ou avisto na rua alguma dessas desertoras. E se elas também me veem, normalmente se eletrizam e fazem de tudo para tomar outro rumo ou, de qualquer outro jeito, se esconder de mim, evitando um segundo olhar. Como foragidas. Vagabundas arrependidas vivem até o resto de seus dias sem voltar a cruzar os dois túneis de entrada de Copa.

Como se vê, num estúdio de fotos pornô dá pra se enxergar muito mais que seios e vaginas. Gosto de olhá-las nos olhos. Diria que, qualquer que seja o corpo em oferta, o melhor de uma puta é sempre o rosto. É o que me tesa.

Ver e entender o que está por trás daquela expressão de prazer, sincera ou não. Nisso, aliás, os *sites* de meninas de programa do Rio perdem de goleada para os de São Paulo. Basta visitar as páginas mais concorridas de lá e daqui pra confirmar o que estou dizendo. Prostitutas em São Paulo, praticamente todas, publicam fotos exibindo o rosto. No Rio, são pouquíssimas as que fazem isso. A maioria opta por aparecer com aquele rosto borrado por algum *mouse* histriônico no computador. Nunca entendi a lógica comportamental e sociológica disso, se é que existe.

Eu, neste ofício privilegiado, vejo o rosto de todas. E pouco importa que caiba também a mim borrá-los depois. No começo da minha carreira com as meninas, perdi bons minutos de estúdio tentando convencer algumas a se arriscarem mais, e tinha comigo um discurso gasto de que mostrar o rosto seria um *marketing* agressivo e diferenciado que poderia render uma boa grana. Mas elas não entendiam nada, claro. Hoje não perco mais tempo com essas coisas. Chego à casa do Plínio, cumprimento a mãe dele — que continua sem saber o que se passa lá em cima e não arreda a bunda larga do sofá da sala, diante da TV, curtindo só o som — e subo pro terraço. Faço as sessões de fotos agendadas para o dia e, tendo ou não algum segundo tempo de sexo com uma das garotas, arrumo tudo, equipamento e cenário, antes de descer pra minha cerveja. Uma rotina mansa que tem me custado uma companheira mais fiel, a barriga, que sempre está comigo aonde quer que eu vá. E que chega antes.

Foi assim, seguindo-a de perto, que entrei naquela noite chuvosa no Nogueira, meu bar preferido nas cercanias da Prado Júnior. Dias de chuva são uma derrota absoluta para o faturamento na pista. Sem terem como ostentar seus decotes e se oferecer na lateral da rua, as putas procuram abrigo em bares e inferninhos da região. Ao Nogueira são poucas as que vão. Isso porque sabem elas muito bem que a frequência ali é diferente da dos demais estabelecimentos da área. Ao Nogueira, tradicionalmente, vão velhos boêmios enternecidos, poetas de guardanapo, escritores de livros não concluídos, menestréis da madrugada, tipos assim, sem a pretensão de contratar serviços carnais e muito menos de pagar drinque pra uma buceta qualquer. Uma ou outra que se aventura ali, sempre em grupelhos, vem normalmente filar alguma coisa bajulando os garçons, todos velhos broxas e babões. E muito raramente um dos "associados" daquela confraria informal resolve dar as caras apadrinhando algum frangote de saias. Impulso intempestivo a que os demais acompanham disfarçadamente, entre irritados e invejosos, fumando e bebendo ainda mais, ou simplesmente batucando com o talher repetidas vezes sobre a velha e amarrotada toalha de mesa.

Curiosamente, conheci o Nogueira na primeira reunião de trabalho que tive com o Plínio, que ali me levou pra falar das maravilhas que se anunciavam pra nós com o investimento nesse projeto do *site*, e de como esse nicho promissor nos levaria a ficar ricos e a comer muitas mulheres. Ou, na pior das hipóteses, só a segunda opção, o que também já não era mau. Desde então, tomo aqui minhas duas ou três garrafas de cerveja, que me levam também a dois destinos facilmente previsíveis: às três ou quatro caipirinhas ou às seguidas doses de conhaque. Com a vantagem de que, nesses momentos, qualquer futuro me satisfaz.

Sentado numa mesa de canto, junto à calçada, posso passar horas a fotografar mentalmente, com o diafragma da imaginação, os muitos personagens que transitam por ali, os de dentro e os de fora. Aprecio então instantâneos de beleza interminável. E a barriga, bela companheira, se mantém quieta, sem interromper meu deleite, no máximo pedindo, já tarde, um tanto daquele filé aperitivo ao molho madeira, mas com pãozinho fresco e cortado em fatias finas, por favor.

Dali também, adoro observar a cara dos sujeitos que entram de carro pela rua Viveiros de Castro, loucos pra ver umas vadias e, encabulados, covardes, tentam disfarçar o interesse, vestindo máscaras de tô nem aí, lançando olhares de Rio Branco com Presidente Vargas, como quem contempla paisagem óbvia. Pra quem é da área, esses bobões são facilmente reconhecidos, a começar porque diminuem a marcha do carro mesmo que o sinal ainda esteja verde e o contêm até a luz de parar, fazendo questão de prolongar a sua passagem. Cena que se repete. Pra quem frequenta o lugar, é fácil começar a identificar rostos nessa procissão, pois são muitas as figurinhas repetidas, aqueles sujeitos que se viciam em fazer da Pê-Jota rota obrigatória na volta pra casa, antes de encontrar família e mulher. Hoje mesmo, atento, reconheci uns três. Um deles, aliás, velho *habitué* aqui, por pouco não me escapa, pois apareceu de carro novo. Mas percebi.

Gosto ainda quando alguma pirainha gostosa, que conheci numa sessão de fotos, passa na calçada e para pra me cumprimentar. Sei que é idiota, mas esse ritual sempre me proporciona uma sensação de poder, uma cocaína de *status* — e em geral é nessa hora que peço a primeira caipirinha. E cheiro o ar. Profundo. Entorpecido por aquele aroma de putaria e banalidade.

Os olhares de inveja, claro, só chegam lá de fora, da molecada com menos de vinte que passa pela rua em busca de algum tipo de diversão, nem que seja ficar encostado num carro ou na parede chapiscada do prédio, posição de onde podem olhar as vagabundas de longe, munição para punhetas da madrugada. De dentro do Nogueira, não há quem lance qualquer tipo de interjeição pra mim ou pra ninguém. Ali é como se uma névoa da insignificância de todos nós cobrisse o recinto, ainda mais acima da espessa fumaça dos cigarros, charutos e cachimbos.

Pois foi também algo que emergiu de uma bruma a putinha oferecida, elétrica, que deu pra se sentar na minha mesa naquela noite. Estivera, como tantas, sob a vigilância de minhas lentes, mas depois da sessão por várias vezes cruzou comigo, a safada, sem jamais me cumprimentar. Hoje quis. E tava na cara e na bunda dela que a chuva a deixara sem opção de abrigo — são comuns os casos de putinhas que ficam proibidas de entrar nas boates do quarteirão. Num momento de solidão, talvez, perdida, decidiu se sentar ali. Comigo.

Forçou um sorriso simpático, e só naquele momento pude ver que seus caninos acavalavam violentamente sobre incisivos e molares. Uma total falta de direção. Desinteressado, retribuí o alô, e já comecei a forjar comigo mesmo uma teoria maluca sobre a relação entre o formato dos dentes e o destino da gente, como se revelassem sinas, tais quais as linhas da mão. Fui interrompido por ela, que, num raro intervalo entre um dos muitos giros frenéticos de seu pescoço fino — sua tentativa de manter sentinela sobre a rua em 360 graus —, me perguntou alguma banalidade sobre o estúdio e o meu trabalho.

Sinceramente, depois de todos esses anos, perdi consideravelmente a vontade de comer putas. Só o faço em momentos cada vez mais raros no estúdio, mas para mim são como uma punheta a dois. Simplesmente não quero e não gosto mais. Daí uma menina dessas, que antes eu poderia entender como uma piranha a ser fisgada, hoje ter virado apenas um transtorno, capaz de atrapalhar meu ritual de álcool e contemplação, no silêncio ritualístico da mesa cativa do meu bar. Mas, educado que sou, me submeti à privação, em nome de elevar minha fama de simpático no meio em que subsisto. Profissa, não?

Falei alguma coisa perfeitamente previsível sobre meu trabalho, e a garota, pescoço ainda inquieto, jogou o queixo em direção a duas senhoras beatas que atravessavam a calçada, gestos de nojo, ansiosas pra alcançarem a portaria de seu prédio, seu *bunker* contra a pouca-vergonha. Tentando manter uma conversa amigável, aproveitei a deixa pra lançar minha teoria sobre o desaparecimento dos bobs nos cabelos, mas, pra meu espanto, a moça nem sabia do que eu falava, embora tenha devolvido uma explicação extremamente plausível: que hoje existem aparelhos elétricos que fazem cachos no cabelo em poucos segundos, ela me ensinou, comprados por 60 ou 70 reais em qualquer loja dessas que vendem de bombons a geladeiras. Esperta a putinha.

A chuva deu trégua, e ela se foi, sem grande festa ao partir, ainda mais porque minutos antes interceptei um pedido dela ao garçom, meu cúmplice, cancelando o frango à passarinho que ela salivara. Devolvi-me aos cotovelos, e aos olhares de arpão. Como perdera alguns minutos de monitoração da casa, obriguei-me a fazer com os olhos-câmera um plano longo, mesa a mesa, decupando os protagonistas daquela noite. Vi Theobaldo, veterano jornalista que se recusara a se adaptar às rotinas cronometradas e informatizadas das novas redações; Luiz

Soares de Andrade, primo pobre e decadente de abastada família carioca, um lorde certamente da linhagem vadia de D. Pedro; Junito, uruguaio *bon vivant* que transformou um reles fim de semana prolongado no Rio em férias eternas; e outros mais... Todos já devidamente cadastrados na memória por conta de alguma noite em que fechamos o Nogueira juntos.

Só um dos presentes, e eram muitos naquela noite de quinta-feira, me trazia incômodo ao percebê-lo ali, entre nós. Aboletado no canto mais imperceptível do salão, numa quebrada que certamente fora o dente siso do arquiteto dessa joça, quase totalmente coberto por uma pilastra mal projetada, lá estava ele, o Senhor Palavrão — assim acostumei-me a chamá-lo, por um motivo que já, já narrarei. Homem largo, de bochechas brancas e arredondadas, cabelos e gestos difíceis, camisas de botões que quase não fecham, sempre ali, lugar cativo, a monitorar o universo.

Ninguém que frequenta o Nogueira, nem mesmo os garçons, posso garantir, jamais soube seu nome. A conta, ele sempre paga sem cartão ou cheque, em dinheiro vivo, que busca de dentro de um monte amassado no bolso da calça jeans barata, sem corte e sem cor. Muitas foram as vezes em que, instigado pelo mistério, tentei arrancar alguma coisa de meus amigos serviçais, que juravam nada saber do misterioso cliente. Era um ritual diário e monástico: a chegada com a inaudível ave-maria, para garantir o lugar, e os primeiros goles, sempre em bebidas aromatizadas, como anis e afins, que sorvia sem pressa. À meia-noite, o pedido de sempre: um contrafilé ao alho, malpassado e sem nenhum acompanhamento, que ele devorava sob a escolta de duas ou três taças de vinho tinto.

É importante dizer que perdi a conta do número de vezes que o fitei sem jamais ter flagrado um movimento sequer de seus olhos pra algo acima do perímetro de sua mesa. Permanecia horas e horas ali, cabisbaixo, braços em V sobre a mesa, como se a toalha branca revelasse a ele algum segredo. Como se visse algo projetado naquele pano-arquivo, testemunha de anos e anos de inconfidências. Presenciei brigas, ataques de ciúme, discursos políticos, falta de luz e até um alarme falso de arrastão na rua, sem que jamais o Senhor Palavrão movesse um dedo de sua esfinge pessoal.

E urge revelar o porquê da alcunha do cidadão. Acontece que as noites de vigília cega a que se submetia tinham sempre o mesmo epílogo inesperado: após o ritual de novos drinques, que se sucediam ao filé, repentinamente ele se erguia da cadeira, conta já paga, e tomava o rumo da rua, ainda recolhido, como se conferisse cada pegada do seu andar. Próximo à saída, virava-se para a audiência e, num rompante inesperado, gritava algum palavrão, erguendo o braço direito e frisando os olhos, fazendo-nos crer se tratar de um ato político. Tornara-se um folclore do lugar o aguardar desse momento. E um saudável esporte entre os convivas tentar adivinhar qual o xingamento soaria a cada dia.

E podia vir de tudo. "Merda!", "Caralho!" ou, o mais clássico de todos, com o qual ele enchia a boca: "Puta que o pariu!" E abria também espaço para alguns termos regionais, como "Arreganhado!". E manifestações mais literalmente politizadas, como naquela semana em que bradou, por sete dias, o nome de jovens e históricas lideranças nacionais, culminando com o presidente, cuja citação foi escalada para a concorrida madrugada de sábado. E houve quem fosse até o Nogueira só para conferir essa fábula da vida real. Bem poucos, é verdade, mas lá estavam. Tanto que, grunhido o nome da máxima autoridade, se seguiu ruidosa salva de palmas. E algumas vaias também.

Viciei-me em esperar o grito gutural do Senhor Palavrão, que soava pra mim como pontuais badaladas dessa catedral da boemia, recrutando-me pra casa. Eu e muitos que se amontoavam ali, com ou sem chuva, abrigados em meio à sodoma e gomorra da vida marginal. Isso até chegar aquela madrugada em que, talvez por um erro de cálculo no número de caipirinhas, tomei a decisão de irromper a sala e me sentar ao lado do endeusado personagem. Mais ou menos como as putinhas abusadas que abiscoitavam minha mesa. Tipo assim, puxando papo.

Foi um ato de coragem. E hoje, remontando-o na memória, compreendo melhor aquele grito, proferido de pé, braços em busca do teto, com que o velho, antes mesmo que eu me sentasse, me recebeu.

— Amor! Amor!

Desconcertado, equilibrando-me sobre o desnível de antigas incertezas, quase soltei o copo ao chão. Pois lancei as mãos ao alto, como que rendido em flagrante. Meus olhos semicerrados pelo álcool giravam, a procurar um caminho, quando um delicado estender de braço do homem me convidou a sentar. Não me lembro o que eu disse, mas sei que tentei ser algo simpático. E ali me deixei ficar.

Vieram a nós mais algumas doses. As tantas necessárias para que, ligeira, adentrasse ao salão a primeira rusga de sol, brigando contra a vontade de todos de permanecer ali. Quando mergulhamos na noite, a melhor prova é a que não nos oferece borda de chegada. E nem cronômetro. Foram braçadas seguras e constantes que dei naquela conversa tão esperada. Tive fôlego para atravessar a distância entre nós, estranhos de hábitos comuns.

Uma água meio suja, meio espuma assustou meu velho tênis-carcaça do pé direito, e foi só aí que ouvi o relinchar discreto do rodo acarinhando o chão. Sim, até no Nogueira essa hora chega, a de fechar a tampa, recolher delírios, retornar ao estado sóbrio. O clichê mais nojento seria dizer que me vi ali, naquele velho homem, como se encontrasse num bar o eu mesmo de amanhã. Mas não foi nada disso. A figura cascuda que conheci não tinha nada de reflexiva, contemplativa, um décimo do que eu supunha ser seu charme maior. Era um tarado incorrigível, o filho da puta. Que ocupou horas relatando trepadas homéricas que colecionou em anos de Pê-Jota.

De certo modo, doeu em mim a quase constatação de que não havia beleza ou filosofia em coadjuvar as mundanas. De que todos ali, apesar da pose de imunidade, são também infectados contumazes da graça do prazer. Fiquei a mastigar essas e outras e, quando o veterano se deu por vencido, erguendo-se, saboreei a sempre estéril e juvenil vitória da resistência física. Apenas pra ter o prazer de ficar mais alguns minutos ali. Sozinho. E pra poder pedir a conta individual, que fiz questão de pagar com cheque e mostrar a identidade. Levantei-me e me dirigi à saída.

De onde, voltando-me ao salão vazio, e erguendo o punho, como um ativista da moral, proclamei em alto e bom som:

— Babaca! Babaca!

Mas, no dia seguinte, é claro que eu estava lá de novo. Ele também.

Este livro foi composto na tipologia Minion,
em corpo 12,5/15,2, e impresso em papel off-white 80g/m²,
no Sistema Cameron da Divisão Gráfica
da Distribuidora Record.